Dieter Wartenweiler

Wiedersehen mit Jeduschin

TWENTYSIX – Der Self-Publishing-Verlag
Eine Kooperation zwischen der Verlagsgruppe
Random House und BoD – Books on Demand

© 2020 Wartenweiler, Dieter

Herstellung und Verlag:
BoD – Books on Demand, Norderstedt.

ISBN: 9783740767266

Umschlagbild:
Alexej von Jawlensky, Mittelmeerküste
akg images, Berlin

Dieter Wartenweiler

Wiedersehen mit Jeduschin

Erzählung

Es war vor fast zehn Jahren, dass ich Jeduschin in seiner Klause besucht hatte. Die Begegnungen in seiner Klause hatten in wenigen Tagen mein Weltbild vollkommen verändert. Die Art, wie er lebte, und wie er mich herausforderte, stellte alles in Frage, was ich bisher glaubte. Meine Auffassungen von der Welt und von mir selbst erwiesen sich als die bloße Hülle dessen, was man das Leben nennen könnte. Diese Hülle schützte mich aber nicht, sondern verdeckte die Lebendigkeit, die wohl schon in mir schlummerte, bevor ich Jeduschin das erste Mal traf. Die meisten Menschen tragen eine derartige Hülle um sich, doch bleibt damit ihr wirkliches Wesen verborgen. Man kennt sich selber nicht wirklich, solange man sich vor sich selber schützt, und vor allem kennt man das Leben nicht. Viele fühlen sich dann lebendig, wenn möglichst viel geschieht, und sie suchen Aufregung – sei es in Ereignissen, in ihren Beziehungen, oder wenigstens im Kino. Das Wesen des Lebens kann durch die Anzahl intensiver Erlebnisse aber nicht multipliziert werden. Die Aktivitäten, die das Lebendige suchen, werden vielmehr zu jener Hülle, welche das eigentliche Leben verdeckt. Dies hatte ich in den Tagen mit Jeduschin begriffen, und ich hatte erkannt, dass die Suche nach dem wirklich Lebendigen, nach dem Charakter und dem Wesen des Lebens, nicht zu einem ‚Finden' führen konnte. Wer sucht, hat schon eine Vorstellung davon, was das Gesuchte sein könnte, und grenzt sich damit ein.

‚Das wirkliche Leben, kann nicht gefunden werden – denn es ist immer schon da' so hatte ich es mir damals notiert, nachdem mir Jeduschin wortlos eine

Ahnung davon vermittelt hatte, was es denn war. Von seiner Klause aus hatten wir Wanderungen unternommen, und als wir einmal zum Meer gelangten, das weit unter seinem kleinen Anwesen lag, gewann ich einen Eindruck davon, was das Leben wirklich ist. Es ist unermesslich und unergründlich, und damals fielen für mich Begriffe wie ‚Leben‘, ‚Spiritualität‘, ‚Gott‘ und ‚wahres Sein‘ in Eines zusammen und lösten sich darin auf. Es gab nur dieses Eine, das jenseits aller Begrifflichkeit lag, und ein Gefühl von unendlicher Freiheit hatte mich durchdrungen. Diese Freiheit war viel grösser, als sie in konkreten Situationen erlebt werden kann – es war eine Freiheit jenseits aller Ereignisse. Wo nichts Bestimmtes ist, da ist alles, und dazu hatte mich Jeduschin wortlos geführt. Mit meinen früheren Vorstellungen eines lebendigen Lebens fielen auch alle meine Ideen über ein erfülltes Leben dahin.

Das kleine Anwesen von Jeduschin, das ich damals auf einer Wanderung zufällig entdeckte, hatte sich in den zehn Jahren kaum verändert. Noch immer stand der Steintisch mit der Bank auf dem Hof, und noch immer war die Kapelle von weißem Licht erfüllt. Und doch schien mir etwas anders geworden zu sein, und ich wusste nicht, ob es nun an mir lag oder an Jeduschin, der hier schon lange lebte, und der inzwischen älter geworden war. Die kleine leere Kirche hatte für mich nicht mehr die Bedeutung von damals, wohingegen ich im Hof einen Ziehbrunnen entdeckte, der in der Zwischenzeit ausgehoben worden war. Ein Eimer stand daneben, doch war mir, als würde das tief im Schacht liegende Wasser von selbst empor quellen und den Hof wässern. Es war aber nur ein inneres

Bild, das ich da sah, und der Hof war ganz ruhig an diesem windstillen Tag. Wie ich nach der langen Zeit wieder dastand, überkam mich ein unerwartetes Heimatgefühl. Das letzte Mal hier war ich verunsichert, beunruhigt, herausgefordert und zeitweilig auch erfüllt gewesen. Und als ich nach einer guten Woche Abschied nahm, war ich tief traurig, wenngleich ich wusste, dass mein Weg weiterführte. Ich musste unabhängig von Jeduschin meinen ganz eigenen Weg gehen. Das Leben verlangt manchmal solche Schritte, da es letztlich nicht um etwas Bestimmtes geht, sondern stets um das Unbestimmte. Das Bestimmte kann leicht zu einer Erstarrung führen, und das entspräche nicht mehr dem reinen Lebensfluss, der wir unserem Wesen nach sind.

Was ich während der umwälzenden Tage in der Klause erlebte – auch mit der Kunst und den beiden Frauen, die ich dort traf – hatte mich damals erschöpft, und ich spürte, dass ich alles tief in mich einsinken lassen musste, damit es Gültigkeit erhält. Manche Botschaft von Jeduschin hatte ich zwar erfühlt, aber nicht wirklich verstanden, und es hatte viele Jahre gedauert, bis diese Woche meines Lebens so verinnerlicht war, dass es nicht nur ein ‚bedeutender Teil meines Lebens‘ war, sondern das Leben selbst. Schon bei meinem Abschied hatte ich mir gewünscht, wieder einmal an diesen gesegneten Ort zurückzukehren, wenn die Zeit und das eigene Wesen dazu bereit sind.

Viel des damals Erlebten war in der Zwischenzeit zu meinem Wesen geworden. Es war dabei nichts Fremdes, das ich aufgenommen hatte, sondern ich hatte vielmehr das eigene Wesen mehr und mehr erfühlt, und es hatte in mir auch Gestalt angenommen. Trotzdem spürte ich auch noch lange nach meinem Aufenthalt in der Klause, dass ich nicht alles verstanden hatte, was mir Jeduschin damals sagte, und auch nicht, was er mir wortlos aufzeigte. So führte mich mein Weg auch deshalb wieder zu Jeduschin. Gerne hätte ich all dies weiter ergründet, und ich dachte, dass Jeduschin mir dabei eine Hilfe sein könnte. Und da war auch Barbara, die mein Herz damals bewegt hatte, und die ich in der ganzen verstrichenen Zeit niemals vergessen hatte. So war in den damaligen Tagen in der Klause nicht nur meine Seele, sondern auch mein Herz ergriffen worden, und zwischen beiden gab es keinen Unterschied.

Wie ich also auf dem Hof stand und gerade in den tiefen Brunnen blickte, trat Jeduschin aus seinem Haus und kam herzlich lachend auf mich zu. „Micha! Wie schön, dich nach so vielen Jahren wieder zu sehen!" rief er aus, und wir sanken uns in die Arme. Also erinnerte auch er sich an unsere Begegnung, was mir eine große Freude war. „Ach weißt du", erwiderte ich, „ich habe die Tage bei dir nie vergessen – im Gegenteil. Im Nachklang wurden sie immer dichter, und es war mir, als wäre ich bei Dir geblieben, und alles dauerte fort, was hier gewesen war. Nachdem ich hier meine Vorstellungen und Meinungen und damit auch meine bisherige Identität verloren hatte, bin ich unverhüllt weitergegangen – gewissermaßen ohne mich selbst, ohne das, was ich zu sein glaubte. Du hast mir wirklich den Boden unter den Füssen weggezogen, und so ist es geblieben. Wenngleich ich diese Art von

Boden nicht wieder gewann, so schwebe ich doch gegenwärtig nicht. Ich bin einfach da. Und nun hat mich etwas nach all den Jahren wieder hierher gebracht. Es war nicht die Sehnsucht, Ähnliches wieder zu erleben, sondern vielmehr der Wunsch, das Erfahrene weiter zu vertiefen. Auch habe ich in jenen kurzen Tagen nicht alles begriffen, was du mir in verschiedener Weise mitgeteilt hast, und ich würde gerne über einiges nochmals mit dir reden und nachfragen." – „Da gibt es nichts zu verstehen", antwortete Jeduschin kurz gefasst auf meine lange Rede, und ich spürte, dass er noch der Alte geblieben war. Zeitweilig hatte er damals wenig gesprochen, und doch hatte er mir auch Erläuterungen gegeben, damit mein Verstand nachkommen konnte, wenn er mir etwas aufzeigte. Es gab bei ihm keine Trennung zwischen Leben, Aufzeigen und Erklären – er war einfach stets ganz sich selbst und äußerte sich so, wie es ihm gerade zumute war.

„Wie ist es in der Kapelle", fragte ich dann, da ich sie noch gar nicht betreten hatte. „Erinnerst du dich noch, wie ich erschüttert war, als ich mich erstmals darin aufhielt? Ist ihre Energie und Dichte noch wie damals?" wollte ich gerne wissen. – „Natürlich erinnere ich mich", antwortete Jeduschin, „aber die Dichte des Daseins ist überall. Hast du den Brunnen beachtet?" – „Ja, ich hatte das Gefühl, dass das Wasser aus dem tiefen Schacht hervorquillt und über den Brunnenrand in den Hof fließt – unaufhörlich", antwortete ich, „aber es war natürlich nur ein Bild." – „Es war so, als wir den Brunnenschacht ausgehoben haben", sagte Jeduschin daraufhin, „und du hast es wohl deshalb gesehen. Und in gewisser Weise ist es immer noch so. Weißt du, was Wasser ist?". Ich erinnerte mich daran, dass mir Jeduschin erzählt hatte, wie er am Meer in einer Höhle gelebt hatte, und welche tiefen Erfahrungen er dabei gemacht hat. „Das Lebenswasser?" fragte ich daraufhin. „Lebenswasser – ein schönes Symbol. Aber nur ein Symbol", meinte er daraufhin. „Warst du schon einmal durstig und hast dann Wasser getrunken?" Das hatte ich nun tatsächlich einmal erlebt, als ich auf der Suche nach Wissen, Weisheit und Wahrheit in verlassener Gegend von einem Kloster zum nächsten gewandert war. Ich hatte nicht genügend Wasser mitgenommen und hatte mich nach vielen Wanderstunden in einen Bach gelegt, der endlich meinen Weg kreuzte. „Ja", antwortete ich einfach. – „Und hast du in dem, was du ‚Lebenswasser' nennst, tiefe Erkenntnis gefunden?" fragte er weiter. – „Nein, ich war einfach durstig und habe getrunken". – „Trinken ist geschehen", präzisierte Jeduschin daraufhin. Und ich spürte in seinen Worten, dass es nicht um Wissen oder Weisheit ging. Sondern einfach, dass Trinken die Wahrheit war.

Und schon waren wir wieder mitten in der Art Gespräche, wie wir sie damals geführt hatten. Ich spürte, dass ich nun wieder ganz bei Jeduschin war, und ganz zuhause. Und ganz bei mir selbst – oder überhaupt einfach ganz. Dieses Gefühl hatte ich in den vergangenen Jahren zwar immer wieder erlebt, aber nun war es dichter. Und es bedurfte jetzt auch nicht mehr der kleinen Kapelle, in welcher ich es erstmals wahrgenommen hatte. Auch Kapellen sind vergängliche Erscheinungen. Und auch der Hof mit dem Brunnen, und selbst Jeduschin. Irgendwie wusste ich es, und doch hatte es mich wieder hingezogen zu diesem besonderen Menschen und zu seinem Anwesen, das so bescheiden und zugleich verheißungsvoll in der Landschaft lag. Eigentlich war ich ohne Plan gekommen – es schien einfach Zeit dafür gewesen zu sein, und doch war es mit wichtig, wieder hier zu sein. Selbst dann, wenn Bedeutungen in den Augen von Jeduschin nicht existierten, das wusste ich. Da bestand immer noch ein Unterschied zwischen uns, den es zwar nicht einzuebnen galt, doch wollte ich von diesem ‚weisen Mann‘ weiter lernen. Aber vielleicht war gerade dies der Fehler?

„Magst du etwas essen und trinken", fragte er mich dann, „es gibt Käse und Brot in der Küche sowie einige Tomaten aus dem Garten". „Und Wasser in Hülle und Fülle", fügte er dann schmunzelnd hinzu. So war es also, wieder hier zu sein. Brot, Käse, Tomaten und Wasser. Und Jeduschin auf der Steinbank, und ich bald ohne Worte. Wie bei meinem früheren Besuch zerschlug es mir hier wieder die Sprache, und ich hatte nichts weiter zu sagen. Jedenfalls nichts ‚Wirkliches‘. Also schwieg ich und nahm das Angebot des Mahles dankend an. Zwar wollte ich noch viele Fragen stellen – all die Fragen, die mich über die Jahre beschäftigt hatten. Und ich wollte über all die Dinge sprechen, die mir unerklärlich geblieben waren. Doch nun gab es nichts zu sagen – ein merkwürdiges Gefühl, das mir zugleich vertraut war. Auch bei meinem letzten Besuch wusste ich oft nichts zu äußern, wenn zwischen uns eine dichte Stimmung aufkam. Doch ist wusste auch, dass meine Fragen wieder aufsteigen würden, und dass Jeduschin sie dann wohl beantworten würde – wenngleich auf seine Weise. Selbst nach fast zehn Jahren war er offensichtlich Herr unserer Gespräche geblieben, und wie damals lag es auch jetzt in seiner Hand, wie die Begegnungen verliefen. Seine Kraft war allerdings absichtslos, aber wenn es mir gelang, mich ebenfalls ohne Intentionen einzubringen, dann bestimmte letztlich niemand wirklich das Geschehen und den Gesprächsverlauf.

So aßen wir Brot, Käse und Tomaten, und wir tranken von dem Wasser, das gewissermaßen aus dem Brunnen quoll. „Es ist wie mit dem Leben selbst", sagte Jeduschin dann unversehens, „es quillt auch unaufhörlich, unabhängig davon, was wir darüber denken. Immer wollen die Menschen etwas, oder sie suchen nach etwas, und sie übersehen, dass alles schon da ist. Etwas anderes als dieses quellende Leben gibt es nicht". Und nach einer Weile fügte er hinzu: „Denkst du noch an Barbara, die junge Frau mit dem Kind, für die du gute Gefühle hattest?" Und wieder machte er eine Pause. Und dann fügte er an: „Es ist nicht nur so, dass sie mit dem Lebensstrom floss, vielmehr war und ist sie der Strom". Musste dies nun sein, dass mich Jeduschin – kaum hatten wir uns nach so langer Zeit wieder gesehen – gleich daran erinnerte? Natürlich hatte ich sie nicht vergessen. Ich hatte mir vorgestellt, dass sich Jeduschin ganz allgemein danach erkundigen würde, was ich all die Jahre hindurch getan und erlebt hätte, und dass er sich vielleicht auch nach meinen Erkenntnissen erkundigen würde. Aber das tat er nicht. Er fragte einfach nach Barbara. Es hätte auch Esmeralda sein können, die so fragte. Ich hatte sie bei meinem früheren Besuch in der Klause kennen gelernt, und sie war so direkt und präzis, dass man sich leicht verletzt fühlen konnte. Aber sie meinte es nicht böse – sie brachte einfach die Dinge auf den Punkt. Und ich fragte mich, ob Jeduschin nun auch so geworden sei, doch fragte ich ihn nicht danach. Ich hätte auch keine Antwort bekommen, so gut kannte ich Jeduschin nun doch.

„Ja", antwortete ich etwas kleinlaut, „ich habe sie nicht vergessen". – „Sie lebt noch auf dem Bauernhof, aber nun ist auch sie zehn Jahre älter, und das Kind ist schon recht groß. Weitere Kinder hat sie nicht bekommen. Ich glaube, dass sie das mit ihrem Mann nicht wollte", fügte er an, ohne dass ich ihn danach gefragt hätte. Und mir schien, dass in seinen Worten auch die Aufforderung lag, der Sache nachzugehen. „Den Kreis der wachen Menschen, den du das letzte Mal kennen gelernt hast, gibt es übrigens immer noch. Gelegentlich kommen sie und sitzen rund um den Steintisch. Und auch das Sonnensegel, an dem Du, Barbara und die vielen anderen gearbeitet haben, existiert noch. Manchmal spannen wir es auf, wenn es heiß ist. Allerdings ist es etwas ausgebleicht. Die vielen Farben sind matter geworden." – „Wie im Leben selbst", fügte ich lächelnd an, dies im Gedanken, dass auch Jeduschin so etwas angefügt haben könnte. Barbara hatte seinerzeit mein Herz erfüllt, weil sie nicht nur von lieblichem Wesen war, sondern zugleich eine tiefe und weite Sicht auf das unergründliche Leben hatte. Sie kannte Jeduschin, war aber nie in eine Art spirituelle Schule gegangen, weder bei ihm noch sonst wo. Solche Schulen führen ja meistens auch nicht wirklich weiter – oft weil sie einen Weg vermitteln, der zum Nachahmen auffordert. Erkenntnis muss aber genuin sein und kann letztlich nicht gelehrt werden, denn der Weg des einen ist nicht der Weg des andern. Im besten Fall kann gezeigt werden, was Erkennen alles nicht ist, denn es hat nicht mit Wissen zu tun, sondern vielmehr mit Nicht-Wissen, und so geht es auch nicht um etwas, das mit dem Verstand erfasst werden kann.

Barbara hatte genau diese Art von genuiner Erkenntnis, und sie war ihr von alleine zugefallen – oder vielmehr zugestoßen. Erst später fand sie bei Jeduschin die Bestätigung, dass sie nicht der einzige Mensch mit einer solchen Sicht war. Denn auf dem Bauernhof, wo sie lebte, da gab es niemanden, mit dem sie sich hätte austauschen können, und in solchen Fällen kann leicht eine Orientierungslosigkeit eintreten. Barbara lebte ab da nicht mehr in der gleichen Welt wie alle anderen, und sie war nicht mehr aufgehoben in der Welt der ‚Normalität‘, in jener Welt, in welcher alle Erscheinungen rein äußerlich verstanden werden und der tiefe Existenzgrund nicht in Sichtweite ist. „Ich habe Barbara nach meinem Weggang besucht", berichtete ich Jeduschin auf seine Bemerkung hin, „und wir waren wieder zusammen am Meer. Alles war ähnlich wie bei unseren ersten Treffen, und wir wussten beide still um die gewachsene Liebe. Barbara aber wollte keine Unruhe in die Beziehung mit ihrem Mann und ihrem Kind bringen, und so gingen wir verschiedene Wege, wenngleich unsere Bindung bestehen blieb."

„Ich weiß", sagte Jeduschin nur dazu. Und wie immer hatte sein Schweigen nicht im oft falsch verstandenen Sinn eine ‚tiefere Bedeutung', sondern es war vielmehr das reine Sein, das sich darin ausdrückte. Es war das Leben selbst, das schwieg, weil es nichts zu sagen gab. Und auch Barbaras Leben hatte geschwiegen. Was man über Situationen denkt, ist im Vergleich zu ihnen immer zweitrangig – nicht mehr das Eigentliche. Das Eigentliche war in diesem Fall, dass sie auf dem Bauernhof geblieben war, auch wenn niemand sie in ihrem Wesen verstehen konnte und sie ab dem Zeitpunkt ihrer neuen Sicht innerlich allein geblieben war. Aber offenbar klagte sie nicht darüber, sondern schaute vielmehr dem Leben schweigend zu, während sie ihre familiären Pflichten erfüllte. Jeduschins Worte ‚sie lebt noch auf dem Bauernhof ' machten mir all dies klar. Wie ich später erfuhr, wollte sie ihrem Mann auch deshalb keine Schmerzen bereiten, weil er nichts dafür konnte, dass er ihrer Entwicklung nicht zu folgen vermochte. Er war ein guter Mann, der sich alle Mühe gab und auch still hinnahm, dass er seine Frau in gewisser Hinsicht nicht verstehen konnte. Nur selten hatte sie ihm davon erzählt, was sie wirklich bewegte – vielleicht in der Hoffnung, dass er eines Tages doch etwas davon aufnehmen würde, aber die Hoffnung war unerfüllt geblieben.

So war ich also mit allen Themen wieder angekommen in der Klause von Jeduschin. Ich hatte ihm nichts zu verbergen und war auch nicht mehr so scheu wie bei meinem letzten Besuch, wo ich oft nicht über meine Gefühle sprechen mochte. Inzwischen war ich ja auch zehn Jahre älter geworden, und es gab keine Geheimnisse mehr, die ich hüten musste. In den Jahren nach meinem letzten Aufenthalt war mir durchaus klar geworden, dass das Leben in allem ganzheitlich ist, und dass es auch nichts zu verbergen gab – wem denn gegenüber? Nur Meinungen können verletzend wirken, aber Jeduschin hatte keine Meinungen – er war ein Diener der ,Wahrheit‘, und die Wahrheit war das Leben selbst, das nicht zu kritisieren ist.

Nur Esmeralda fehlte noch im Kranz der wieder aufgelebten Begegnungen meiner ersten Zeit in der Klause, und ich fragte Jeduschin nach ihr. Die ältere weise Frau war mir in tiefer Erinnerung geblieben, weil sie mich so treffend herausgefordert hatte. Mit nur wenigen Worten brachte sie alle meine Widersprüche aufs Tapet, und ich hatte mich mehr als einmal tief ertappt gefühlt. So wohlwollend und herzlich, wie sie in ihrem Wesen war, fühlte ich aber immer den guten Geist und die Förderung von ihr. Nie ging es ihr darum, mich bloßzustellen, sondern sie ließ mich einfach spüren, was noch zu bereinigen war. „Sie ist nicht hier“, antwortete Jeduschin auf meine Frage, „ich weiß nicht, wo sie gerade ist.“ Bei seinen Worten wusste ich nicht, ob es einfach eine Feststellung war, oder ob da noch etwas anderes mitschwang. Die Beziehung, die Jeduschin und Esmeralda zueinander hatten, war mir beim letzten Besuch sehr bedeutsam erschienen – von tiefer Verbindung und zugleich von ungewöhnlicher Freiheit. Aus Jeduschins Worten konnte ich aber nicht ableiten, ob sie für längere Zeit wegbleiben würde. Vielleicht war es Esmeraldas Freiheit, die sich eben einen neuen Ausdruck suchte, und wofür sie vielleicht Zeit brauchte. So wie ich sie damals erlebt hatte, war auch nie ausgeschlossen, dass sich die beiden bald wieder begegnen würden und vielleicht gemeinsam weitere Schritte unternähmen. Nicht dass sie dann eine definierte Beziehung hätten, wie sie die meisten Menschen führen, sondern dass das Leben sie einfach wieder enger zusammenführen würde. Eine solche Gemeinschaft zu pflegen musste sehr anspruchsvoll sein und war für gewöhnliche Menschen wohl nicht denkbar, aber ihnen traute ich dies zu. Und alles was geschehen würde, wäre niemals die Absicht des einen oder der anderen, und auch nicht eine Absicht von beiden zusammen, sondern es wäre einfach das Leben selbst – wieder einmal. „Ist sie schon länger nicht mehr hier?" wollte ich gerne wissen. Für solche Zeitfragen war Jeduschin aber nicht zu gewinnen – ich hätte es wissen müssen. Er lebte ja nicht in einer chronologischen Zeit, in welcher das eine dem anderen folgt, sondern verkörperte vielmehr das reine Dasein. „Es ist nicht wesentlich", antwortete der daraufhin, „einfach gerade jetzt ist sie nicht da." Tatsächlich war es nicht ausgeschlossen, dass sie morgen wieder hier sein würde. Man weiß ja nie, was der nächste Tag bringt.

Bei den wenigen Worten, die wir austauschten, und den vielen Gedanken, die ich während unseres Schweigens gehabt hatte, war es später Abend geworden. „Dein Zimmer steht bereit", meinte Jeduschin so nebenher, als wäre ich vor zwei Tagen weggegangen. Und es war die Einladung, wieder etwas bei ihm zu bleiben und den Weg mit ihm weiterzugehen, bis sich unsere Wege wieder trennen würden, wie schon letztes Mal. Und es war mir dabei, als würde es gar keine wirkliche Trennung geben können, selbst wenn wir uns niemals wieder sähen. In diesem einen Sein war alles eingeschlossen, die Anwesenden und die Abwesenden, und selbst die Toten. Ich bedankte mich für Jeduschins herzliche und so selbstverständliche Aufnahme in seiner Klause, und ich fühlte, dass mir wohl wieder gewichtige Tage bevorstünden, gerade wie bei meinem letzten Besuch. Aber damals hatte ich nicht gewusst, wie bedeutungsvoll dieser Ort und die Begegnung mit den Menschen hier für mich sein würden.

Diese erste neue Nacht im kleinen Gästehaus hatte ich gut geschlafen. Es kam mir wieder ganz vertraut vor, ganz wie damals. Und das war ganz im Sinne, wie Jeduschin es mir auch angeboten hatte. Er tat alles ganz unvoreingenommen, als wäre es das Selbstverständlichste der Welt. Und ebenso selbstverständlich war es, wieder hier zu sein. Darin fühlte ich einen Zustand von Zeitlosigkeit, wie ich ihn schon bei meinem früheren Aufenthalt hier erlebt hatte. Das hatte ich Jeduschin zu verdanken, der mit seiner präsenten Gegenwart alle Menschen erreichte. Vergangenheit schien ihn nicht zu interessieren, und für die Zukunft hatte er keine Pläne. Jeden Tag ließ er sich von dem überraschen, was geschah, und er führte dabei keineswegs ein langweiliges Leben. Weil er oft allein wohnte, hatte ich bei meinem ersten Besuch den Eindruck gewonnen, dass er ein Einsiedler sei – ein Eremit, der sich vom aktiven Leben zurückgezogen hätte. Dem war aber nicht so, denn er hatte hin und wieder Besuch von kürzerer oder längerer Dauer. Und damals hatte er mir auch erklärt, dass er im Alleinsein keinerlei Einsamkeit verspüre, sondern die Erfüllung eines Daseins erlebe, das alles umfasse. Und wie könne man in der Gegenwart von allem einsam sein?

Wie früher hatte er mir wieder ein kleines Frühstück zubereitet. Den Tee hatte er sorgfältig aus seinem Kräutergarten gemischt, und das frisch aufgebackene Brot duftete wunderbar. Dazu gab es den obligaten Käse, aber auch selbstgemachte Konfitüre stand zur Auswahl. Jeduschin war ein guter Gastgeber und auch ein Hausmann, was sich notwendigerweise ergibt, wenn man öfter allein lebt, und er machte es wunderbar. Alles war sauber, auch wenn ich ihn nie Wäsche waschen oder Bettlaken aushängen sah. Allerdings kam gelegentlich Bert vorbei, ein scheuer Junge, der ihm zur Hand ging und einige solche Aufgaben erledigte. „Heute gehe ich zu meinem Kollegen und Freund Mauro", sagte Jeduschin dann, „möchtest du mitkommen?" In der Selbstverständlichkeit, in welcher Jeduschin lebte, bezog er mich wie schon früher in sein alltägliches Leben ein. Er machte sich nie Sorgen darüber, zu welchem Resultat seine Handlungen führen könnten, sondern er folgte seinen jeweiligen Eingebungen, denen er jedoch keine besondere Bedeutung beimaß. Was immer sich ergab, war ihm einerlei. Und gerade darin sah ich etwas Besonderes, denn in der Absichtslosigkeit konnte sich seine große Kraft gestalten.

„Mauro lebt auf dem Berg, und ich kenne ihn seit vielen Jahren. Woher er gekommen ist, weiß ich nicht – er hat es mir nie erzählt. Als ich ihn einmal danach fragte, sagte er einfach ‚aus dem Süden'. Und wie ich mich erkundigte, wie es denn dort gewesen sei, meinte er nur, dass ihm dort zu viel Betrieb gewesen wäre. Vielleicht war er deshalb in die einsame Gegend hier gekommen." Jeduschin bezeichnete Mauro als seinen Freund und wusste nichts von seinem früheren Leben – das erschien mir eigenartig. Aber in einer Weise war es auch folgerichtig für jemanden, der in der Gegenwart lebt. Mauro war nun auf dem Berg, und das war alles. Und ich dachte, dass eine Konversation zwischen den beiden unter diesen Voraussetzungen sicher speziell verlaufen würde. Gerne sagte ich für den Besuch zu, und ich war mir sicher, dass er von einer guten Frische sein würde. Jeduschin hatte keine langweiligen Freunde, und Menschen, die in ihren Geschichten festsaßen, interessierten ihn nicht. Also konnte Mauro keiner jener Geschichtenerzähler sein, die nur von ihren früheren Erlebnissen berichten und auf Stichworte hin ganze Vorträge halten. Jeduschin jedenfalls hielt es mit den Gesprächen wie mit der bildenden Kunst, wo Werke erst dann als Kunst gelten können, wenn sie über die individuelle Wahrnehmung hinausgehen und ins Allgemeinmenschliche vorstoßen. Leider gibt es bezüglich einer guten Gesprächsführung nur wenige Künstler, aber vielleicht war Mauro ein solcher.

Wir stiegen lange den Berg hoch, der hinter jener Anhöhe lag, auf der ich bei meinem früheren Aufenthalt mehrmals gewesen war. Den Berg hatte ich aber nie bestiegen, weil es mich eher zum Meer zog, zum fließenden Wasser anstelle des starren Berges. Wie damals wanderten wir zunächst durch die Wiesen und Wälder, die sich abwechselten, und auf der Anhöhe tat sich wieder der weite Blick über die Landschaft und das Meer auf. Und auch der Bauernhof war zu sehen, in welchem Barbara lebte, aber ich sagte nichts dazu, und auch Jeduschin nicht. Vielmehr gingen wir einfach schweigend weiter, während der Weg steiler wurde. Zeitweilig führte er durchs Dickicht, vor dem ich bei meinem letzten Aufenthalt zurückgeschreckt war, und ich fragte mich, wie weit oben Mauro wohl leben würde. So abgelegen zu wohnen wäre ja doch unpraktisch für die Besorgungen, die er wie jeder andere machen müsste, denn auch wer nahe dem Himmel ist, hat die irdischen Bedürfnisse zu erfüllen. Es ging dann aber doch nicht sehr viel höher. Mauro lebte nicht auf der Bergspitze, sondern auf halber Höhe in einer kleinen Mulde. Seine Hütte stand zwischen Bäumen und war von weitem nicht sichtbar, und ich fragte mich, wie sich Mauro und mein Mentor bei diesen Gegebenheiten kennen gelernt hatten. Vielleicht war Jeduschin einfach fühlend seinen Weg gegangen, denn sicherlich hatte er niemanden gesucht. Oder die beiden hatten sich auf dem Markt getroffen und gegenseitig erkannt, dass sie gleichen Wesens waren. Wie immer es gewesen sein mochte, war es Vergangenheit, und ich wusste, dass es keinen Zweck hatte, danach zu fragen.

Aus der Hütte trat uns Mauro in groben Baumwollkleidern entgegen. Sein Gesicht war von etwas wild abstehenden Haaren und einem entsprechenden Bart eingerahmt, und wie mir schien, hatte er gute Augen. Er wirkte um einiges älter als Jeduschin, war aber sehr beweglich. Vor diesem kauzigen Mann kam ich mir recht gewöhnlich vor, und ich war gespannt, wie sich die Begegnung entwickeln würde. Jeduschin klopfte ihm auf die Schulter, zeigte dann auf mich und sagte: „Das ist Micha. Er war vor bald zehn Jahren bei mir und ist wieder gekommen." Das war auch schon alles. Mauro musterte mich, sagte aber nichts. Was er wohl dachte? Und dabei ertappte ich mich auf alten Pfaden. Natürlich dachte er nichts. Er ließ mich einfach auf sich wirken, nicht so wie ich es tat, der ich aus Mauros äußerer Erscheinung Rückschlüsse zog. Und diese Wirkung war natürlich eine vielfältigere als es Gedanken je zu sein vermögen. Er würde mich auf einen Blick durchschauen – so dachte ich mir weiter – aber auch das war eine Interpretation. So leicht verfällt man seiner eigenen Welt. „Hm", sagte Mauro dann. Er setzte sich auf die Holzbank vor der Hütte und bedeutete uns, es ihm gleichzutun. Und dann schwieg er und wartete wohl, was ich oder Jeduschin sagen würden. ‚Jeduschin hat mich mitgenommen, und ich danke dafür, einen Moment hier sein zu dürfen', hätte ich sagen können. Aber ich spürte, dass dies nicht passte. Es wäre zu konventionell gewesen für den Mann hier. Ich hätte auch etwas zum Ort, über den Wald oder über die Hütte sagen können. Etwa, wie harmonisch alles auf mich wirkte. Aber auch das passte nicht. Es wären höflich vorgetragene Eindrücke gewesen, um die Stille zu füllen, die entstanden war. So sagte auch ich nichts und saß einfach auf der Bank.

Und wie ich schweigend dasaß, gab es plötzlich auch nichts mehr zu sagen. Da war nur noch Sitzen – ja nicht einmal mehr das. Da war Leere und Stille, und so etwas wie Mauro-Jeduschin-Micha-Wald-Hütte-Erdboden-Himmel-Luft-Atmen. Die Atmosphäre erinnerte mich daran, dass ich früher mit Jeduschin am Meer schon Ähnliches erlebt hatte. Aber diesmal war die Färbung anders. Es war mir, als würde der Geist des Ortes als eine Art ‚Weisheit ohne Inhalt' in mich einfließen – wenngleich eine solche Beschreibung meinen Eindruck nicht wirklich zu fassen vermag. Und es gab nichts mehr zu tun, und auch nichts zu reden. Schließlich stand Mauro auf und ging zur einfachen Feuerstelle, die vor der Hütte angelegt war. Er legte einige Äste in den Steinkreis, entzündete sie, und als er größere Scheite hinzufügte, loderten die Flammen bald empor. Dabei kam es mir vor, als würde Mauro mit mir sprechen. Als sagte er: ‚So geht es. Einige Äste, etwas Holz, und schon hast du ein großes Feuer. Ist es im Leben nicht ebenso?' In diesen Eindruck versunken fragte ich: „Was ist es, das verbrennt?" – „Du selbst", antwortete Mauro. ‚Also das Leben verbrennt einen, wie eine Kerze, die niederbrennt', dachte ich zuerst. Aber ich fühlte – das war nicht die Botschaft. So trivial konnte es nicht sein. „Bei meinem letzten Besuch bei Jeduschin hatte ich erfahren, dass es meinen Namen nicht wirklich gibt, und dass da etwas ist, das jenseits aller Vorstellungen in mir lebt", erwiderte ich dann auf Mauros Worte. – „Es gibt dich überhaupt nicht", sagte Mauro daraufhin, „nicht einmal ohne Namen". An diesen Punkt war ich bei meinem letzten Aufenthalt gekommen, als ich erkannte, dass es keine objektive Wahrnehmung von mir geben konnte, und ebenso wenig von ‚Wirklichkeit'. Jetzt aber zeigte sich eine andere, tiefere Wirkung.

Wie seinerzeit Esmeralda kehrte Mauro mit einigen Worten mein Inneres nach außen, sodass ich nicht mehr wusste, wo ich stand und was ich sagen sollte. Ich wusste wirklich nicht mehr, wer ich war. Wieder lösten sich meine Vorstellungen auf. Tiefer als vorher war da einfach Wald-Hütte-Erdboden-Himmel-Luft, diesmal ohne Mauro-Jeduschin-Micha, bis sich selbst dies auflöste. Da war einfach gar nichts mehr. Und es wäre falsch zu sagen, dass ‚ich' es wahrgenommen hätte, denn es gab keinen Gegensatz mehr zwischen ‚ich' und ‚Wald-Hütte-Erdboden-Himmel-

Luft'. Es war aber auch nicht einfach ‚alles zusammen'. „Die Welt ist nicht wirklich", sagte Mauro daraufhin. „Es gibt sie zwar als Wahrnehmung, aber zugleich gibt es sie nicht objektiv. Alles ist nur Wahrnehmung, und zugleich ist es nicht die Wahrnehmung von ‚jemandem'." Was sollte ich dazu sagen? Wie ich so vor dem Feuer saß, löste sich dieses vor meinen Augen auf, und mit dem Feuer verschwand auch ich und die Welt. Was dann war, ist vollkommen unbeschreiblich. Es hatte keine Qualitäten, und keine Beschreibung oder Zuordnung war möglich. Im Nachhinein könnte man sagen, dass es ein Zustand von reinem inhaltsleerem Sein war. „Die Welt erscheint im Bewusstsein", sagte Mauro dann, „aber das sind zwei Begriffe, die zusammenfallen. Du kannst es Welt-Bewusstsein-Sein-Nichtsein nennen oder wie immer du willst. Es ist eine Einheit, die vollkommen unfassbar ist. Und in diesem Einen kannst du nicht sagen, dass ‚du' es erlebst, denn das wären zwei."

Mauros Worte unterstrichen die Auflösung meiner Identifikationen und damit meiner Wahrnehmung der Welt, was viel mehr war, als nur ‚keinen Namen zu haben'. Und zugleich saß ich auf der Bank vor der Hütte, und selbst das schien kein Gegensatz zu sein. Die Glut lag noch zwischen den Steinen, und Mauro setzte ein Metallgitter darüber und tat einige Kartoffeln darauf. Erschöpft legte ich mich auf den Boden und sah zu den Wipfeln empor, die sich sanft im Winde wiegten. Und dann muss ich eingeschlafen sein. Als ich wieder erwachte, hörte ich Mauro und Jeduschin von weit her lachen. Wahrscheinlich erzählten sie sich keine Geschichten – das konnte ich mir nicht vorstellen – sondern es musste die Situationskomik gewesen sein, die sie amüsierte. Ich blieb noch eine Weile liegen und es stellte sich wieder so etwas wie ein normales Bewusstsein ein. Aber ganz wie vorher war es nicht. Ich war nicht mehr getrennt von dieser Welt, sondern ich war sie selbst. Die Welt lag auf dem Boden und sah in die Baumwipfel hinauf, die Welt hörte die beiden lachen, und es war auch die Welt, die lachte. Und sie hatte schon Kartoffeln gegessen, während sie zugleich schlief, und nun brachte sie sich selbst einige Kartoffeln, damit sie in meiner Erscheinung wieder zu Kräften käme. Mauro und Jeduschin waren Erscheinungen wie ich selbst, und dann ging mir durch den Kopf, dass auch Esmeralda und Barbara so waren. Die Welt war mit sich selbst im Gespräch und im Austausch. Und sie baute für sich selbst Hütten und auch Bauernhäuser. Es war die Welt, die in mir dachte, die liebte, und die manchmal Sorgen hatte.

Das große Spiel des Lebens tat sich in mir auf, als wäre ich der Zuschauer. Ich war der Zuschauer, aber ich war auch die Figuren auf der Bühne, ja das ganze Geschehen. Ich war auch das Licht, das die Bühne beleuchtet, und alles war zugleich nicht wirklich, oder vielmehr – alles war Eines, womit alles Einzelne an Bedeutung verlor. Und es zeigte sich, dass dieses gar nie eine Bedeutung hatte. Bedeutungen sind nur innerhalb einer Weltsicht von Trennung möglich, aber nicht in der einen Welt, die alles umfasst. Wie konnte mir dies nur solange entgangen sein? Plötzlich war es offensichtlich, dass die Welt gar nicht anders konnte, als diese ‚eine Welt'. Die Konsequenz davon

26

war ein ‚bedingungsloses Leben‘. Und darin machte es keinerlei Sinn, an das Leben irgendwelche Anforderungen zu stellen. Das Leben lebte und erfüllte sich selbst, wie die Welt es tat, und beide waren eins. Und ich konnte mir nicht mehr vorstellen, dass sich das Leben um unsere Bedingungen scheren würde, die es in unseren Augen erst sinnvoll und richtig machen würden.

Nach meinem Schlaf bekam ich also einige Kartoffeln nachgereicht. Mauro schien sich auf die völlige Vereinfachung der Lebensverhältnisse verlegt zu haben, was nicht nur seine Hütte im Wald, die Kleidung und seine Rede betraf, sondern die Mahlzeiten mit einschloss. Dennoch wirkte er in seinem doch schon höheren Alter gesund und gut genährt. Vielleicht lag dies an seiner Einstellung zum Essen und dem Leben gegenüber, und wohl gab es auch Zutaten, die ihm eine genügend vielfältige Ernährung ermöglichten. Nach dem Essen machten Jeduschin und ich uns auf den Rückweg und wir schwiegen beide zunächst lange. Das Erlebnis am Feuer hatte mich müde gemacht, und es lag eine gewisse Schwere in mir – so sehr war ich vom Erlebten betroffen. Das Gehen und die frische Luft im Wald taten mir aber gut, und langsam fühlte ich mich wieder präsenter in der Welt, wie sie uns üblicherweise erscheint.

„Was wollte Mauro eigentlich genau ausdrücken, als er sagte ‚es gibt dich und die Welt nicht‘,“ fragte ich schließlich Jeduschin. Er hatte natürlich gesehen, dass mich mein Erlebnis am Feuer sehr erschüttert hatte, weshalb Erklärungen dazu nicht wirklich notwendig waren. „Mauro beabsichtigt nie etwas“, antwortete mir Jeduschin. Damit war die Frage eines Zusammenhangs mit meinem Erleben aber nicht geklärt. Um mehr zu erfahren versuchte ich, das Thema von einer anderen Seite her anzugehen: „Wer und was ist es denn, das es nach Ansicht von Mauro nicht gibt?" Ich hatte zwar dieses Nicht-Sein erlebt, aber wie es sich damit genau verhielt, war mir nicht klar. „Die Menschen glauben im Allgemeinen, sie seien ‚jemand'. Diesen Jemanden gibt es aber nicht, und damit auch keine getrennte Welt", antwortete Jeduschin. Manchmal schien es mir, als gebe er mir gar keine verständlichen Antworten und fordere mich stattdessen vielmehr zum Nachdenken heraus. Dies konnte zu Reaktionen führen, die aus meinem Inneren aufstiegen. „Dann bin ich also niemand?" fragte ich daraufhin. „So könnte man es sagen", meinte er, „aber du darfst dir darunter nicht etwas vorstellen." Da kam mir in den Sinn, dass ich mir früher einmal überlegt hatte, wie es wäre, tot zu sein. Die entsprechenden Bilder betrafen aber immer mich ohne die Welt – wie bedauerlich es wäre, die Welt in ihrer Schönheit nicht mehr zu sehen – oder die Welt ohne mich – wie traurig es für meine Mitmenschen sein könnte, ohne mich zurück zu bleiben. Aber das war eben nicht der Tod. Das war nur eine Welt ohne ‚jemanden'. ‚Niemand' zu sein, würde auf einer ganz anderen Ebene liegen, als ‚nicht-jemand'. Es wäre wie der Tod etwas völlig Neues. Oder eben gar nichts. Aber ‚gar nichts' wäre wiederum nicht vorstellbar. So gingen mir die Gedanken durch meinen Kopf, und ich kam damit nicht wirklich zurecht. „Du hast es erlebt", sagte Jeduschin dann, „warum willst du es verstehen? Die großen

Dinge sind dem Verstand nicht zugänglich. Dafür ist er zu klein."

Nach meinem Erleben der Auflösung war ich nun wieder da, irgendwie ‚zurückgekommen'. Aber es war nicht mehr wie vorher. Etwas war auch nicht wieder zurückgekommen. Meinen neuen Zustand konnte ich jedoch nicht beschreiben oder gar benennen. Jeduschin hatte recht, es war nicht verstehbar. Die Sprache hat keine Ausdrucksmöglichkeit für etwas, das sich allem üblichen Erleben entzieht. Ja von dem man nicht einmal sagen konnte, dass es ein Erleben war, denn jedes Erleben setzt ja jemanden voraus, der es erlebt. Und genau dieser ‚Jemand' war ja in Frage gestellt. So verwirrt wie Mauros Haare schien mir die ganze Angelegenheit zu sein, und zugleich war da eine tiefe innere Bewegung. „Lass es einfach", unterbrach Jeduschin meine Überlegungen, und wieder war es wie früher, als er auf Gedanken antwortete, die ich gar nicht geäußert hatte. Er schien sie zu spüren und spontan zu reagieren. Mein Verstand gab aber noch nicht auf und wollte eine Erklärung finden. „Also es gibt kein ‚Ich'," meinte ich daraufhin, „und daher auch kein ‚Mein'. Und auch nicht ‚meine Welt'." – „Ach was", antwortete er, „das ist nicht, worüber wir reden, und worum es bei Deinem Erleben ging. Da ist eben nicht ‚jemand', dem nichts gehört. Man fällt so leicht zurück in eine konventionelle Denkweise, und schon wieder lebst du in einer gespaltenen Welt. Solange es ‚dich' gibt, also die Vorstellung von dir als einem ‚jemand', solange siehst du die Welt wie ein Bild von außen, und beides gibt es so nicht. Dann bist du vom Leben und vom wirklichen Dasein getrennt. Dieses

‚Ich‘, das man zu sein meint, ist nur ein Traum. Man träumt in diesem Fall sich selbst, und man träumt die Welt als etwas von sich Getrenntes. In diesem Traum ist man oft genug im Widerspruch mit der vermeintlichen Welt, und dann gibt es Streit und Krieg – alles in diesem Traum.“

Das war wieder eine von Jeduschins Herausforderungen. Nach seinen Aussagen war die Wahrnehmung der Welt also ein Traum. Dann gäbe es aber auch kein wirkliches Geschehen und auch keine Verantwortung? ‚Wir sind doch verantwortlich dafür, was wir tun‘, denken ja die meisten Menschen, und das sollte nicht gelten? Sind wir nicht unseres Glückes Schmied, und vielleicht auch des Glücks anderer Menschen? – so überlegte ich mir. „Wie verstehst du es, dass alles nur ein Traum sei?“ führte ich dann unser Gespräch weiter. „Auch das Wort ‚Traum‘ ist nur ein Begriff, ein Bild. Wie ‚Welt‘ oder ‚jemand‘. Erst wenn alle diese Begriffe wegfallen – man könnte auch sagen, wenn sie alle in ‚eines‘ zusammenfallen, dann siehst du, dass das Leben nicht in solche Begriffe gefasst werden kann. Sie zerteilen vielmehr das, was das Leben ist.“ Früher hatte er mir gesagt: ‚lass es sein‘, aber nicht einmal sein-lassen konnte man es nach seinen neuen Ausführungen. ‚Es ist wirklich jenseits, jenseits, jenseits‘, so ging es mir durch den Kopf, und ich sagte nichts mehr.

Schweigend gingen wir weiter. Auf dem Weg zurück gelangten wir auf der Anhöhe wieder zu den Wiesen, wo sich der Ausblick weitete und bis zum Meer hinunter reichte. Und dann kamen wir zu Jeduschins Anwesen zurück, wo ich meine ersten Erfahrungen mit einer Dimension gemacht hatte, wie sie nicht der üblichen Wahrnehmung der Welt entsprachen. Ich sah eine Welt, von der man nicht sagen konnte, was sie ist. Sie erschein mir als ein Mysterium, aus dem es kein Entrinnen gab, weil keine Ränder sichtbar waren, so wie das Universum keinen Rand hat. Das Mysterium kam mir wie die Weite des Raumes vor, während sich unsere Gedanken nur auf der Erdoberfläche bewegen.

Zurück im Gästehaus legte ich mich müde nieder und döste vor mich hin. Die Bilder des Tages drehten sich vor meinen Augen, und alles Erlebte, Gesagte und Gedachte vermischte sich wie ein Farbenspiel. Die Grenze zwischen etwas, das ‚ich' hätte sein können und dem Farbenspiel verschwand, so wie die Gedanken beim Einschlafen zu Bildern werden und sich schließlich in einem unendlichen Raum verlieren. Als ich später aufwachte, war es schon ziemlich dunkel – offenbar hatte ich länger geschlafen. Und wie ich wieder klarer zu denken vermochte, kam mir die nicht weiter besprochene Frage nach der Verantwortung wieder in den Sinn, und ich wollte diese mit Jeduschin klären. Zugleich veranlasste mich der Hunger, zur Küche zu gehen, die ich von meinem früheren Aufenthalt her kannte. Sie lag unweit des Steintisches hinter der Tür, die direkt auf den Hof hinausging.

Ich war froh, Jeduschin dort anzutreffen. Manchmal war er nah, aber andere Male ging er seiner Wege und war nicht aufzufinden. Vielleicht hatte er geahnt, dass ich mit meinen Fragen zum Besuch bei Mauro noch nicht zu Ende gekommen war. Ich setzte mich zu ihm, und wie oft schwiegen wir zuerst eine

Weile. „Du musst Hunger haben", sagte Jeduschin dann, „nach Essen und nach Verstehen". Und er holte in der Küche einen Topf Pasta, die er offensichtlich fürs Abendessen gerichtet hatte. Die Teigwaren waren mit feiner Pesto-Sauce überdeckt, und alles strömte einen wunderbaren Duft aus. Dankbar schöpfte ich davon auf meinen Teller, und Jeduschin legte frische Tomaten aus seinem Garten dazu. Wie sehr ich doch die einfachen Mahlzeiten schätzte.

„Wer trägt die Verantwortung für das Handeln, wenn da nicht ‚jemand' ist, der die Dinge tut?" fragte ich ihn dann direkt. „Das Leben tut die Dinge, und es trägt die Verantwortung", antwortete er mir. „Verantwortung bezieht sich als Begriff auf eine Welt der Trennung. Auf eine Welt, in der einer jemand anderem einen Schaden zufügen kann. Das wird so wahrgenommen, wenn wir davon ausgehen, dass es Personen gibt. Wie wir früher einmal besprochen haben, ist die ‚Person', mit der wir uns identifizieren, ein Konglomerat von Identifikationen. Die Person definiert sich selbst durch alles, was sie denkt und wofür sie sich hält, und dazu gehört auch die Idee, mit freiem Willen handeln zu können. So wird das im Allgemeinen auch erfahren. Und daraus ergibt sich die Vorstellung der persönlichen Verantwortung, für das, was getan wird. Deshalb kann man auf der Ebene von Personen auch von Verantwortung sprechen. Tatsächlich ist es aber das Leben selbst, das handelt, nicht die vermeintliche Person als Konglomerat von Identifikationen. Die Handlungen können dabei durchaus als moralisch oder unmoralisch erscheinen. Das sind aber Attribute, die wir dem Leben nachträglich hinzufügen. Das Leben gestaltet sich selbst, und es funktioniert – wie wir in der Natur sehen, wo es die Fragen von Person und Verantwortung nicht gibt. Vermeintlich persönliches Handeln und Verantwortung gehören der Identifikation des Menschen zu. Viele meinen, dass ohne Person und entsprechendes Verantwortungsgefühl alles drunter und drüber ginge und die Welt schliesslich unterginge. Wir müssen aber nicht weit schauen, um zu sehen, dass kein Mensch handeln kann, wie er will. Konditionierungen laufen einfach ab, und über Gene und Umstände haben wir keine Kontrolle. Oder könntest du morgen jemanden umbringen? Selbst wenn wir uns als Person erleben, kann diese nur ihren Möglichkeiten gemäss handeln. So erscheint es auch in der konventionellen Weltsicht von Trennungen. Ohne Trennung in eine Selbst- und Weltwahrnehmung könnte man sagen, dass Handeln auch einfach durch uns geschieht. Ohne identifiziert zu sein, geschehen die Dinge einfach. Das Bewusstsein schaut dem Handeln zu und viele sagen dann aber: ‚ich habe es gemacht'. Doch so ist es nicht. Wenngleich auch Taten geschehen, die als schlecht erfahren werden, ist es das Leben, das sie vollbringt. Dafür kann es sich in Form eines Menschen auch selbst ins Gefängnis stecken. So leidet das menschliche Leben gewissermassen an sich selbst. Nicht anders, als wenn das eine Tier das andere frisst. Charakterisierungen wie ‚gut' und ‚böse' gibt es im Kosmos nicht, so wie es keine richtigen und falschen Bäume gibt, sondern nur Bewegung. Das Gefühl von Verantwortung gibt es erst dort, wo du dich als getrenntes Wesen verstehst. Manche Menschen bringen die beiden Ebenen oder Betrachtungsweisen aber durcheinander und sagen dann, dass in einer neuen Weltwahrnehmung die Verantwortung negiert oder abgelehnt würde. Das ist so nicht der Fall. Die Frage ist einfach, ob man von der Ebene der ‚Person' her argumentiert, oder ob das ganzheitliche Sein im Vordergrund steht, und entsprechend ist das Ergebnis verschieden."

Wie gelegentlich bei meinem früheren Besuch gab mir Jeduschin wieder einmal eine längere Erklärung. Ich versuchte ihr zu folgen und fragte nach: „Wer sich als Person versteht, trägt Verantwortung, und wer sich nicht so erlebt, trägt sie nicht?" – „Nicht genau so", antwortete Jeduschin, „die vermeintliche Person ist ja nicht wirklich da. Und jenseits davon gibt es auch nichts von alledem, was wir besprochen haben." Das erinnerte mich wieder an die Auflösung und Leere, die ich bei Mauro erlebt hatte – da war tatsächlich etwas anderes. Und zugleich war ich jetzt wieder als scheinbare Person anwesend. „Und du bist keine Person?" fragte ich nach. „Die hat es nie gegeben", war Jeduschins Antwort, „selbst wenn ich auch einmal geglaubt habe, dass ich eine wäre. Jeder Mensch tut das zunächst einmal." – „Und Mauro, er ist auch keine Person?" „Natürlich nicht", war Jeduschins Antwort, ohne dass er etwas hinzufügte. Immer wieder blieb etwas Unaufgelöstes zurück, das ich nicht einzuordnen vermochte. Es war eher ein Gefühl, als ein ‚Nicht-verstehen-können'. Es war diese besondere Unfassbarkeit, die alles Geschehen rund um Jeduschin prägte und jetzt auch Mauro umgab, und ich fühlte, dass sie auch mich einhüllte.

Trotz all dessen, was sich am Vortag ereignet hatte, schlief ich recht gut. Dadurch erfrischt beschloss ich am Morgen, Barbara zu besuchen. Wir hatten während meines letzten Aufenthaltes in Jeduschins Anwesen einige Begegnungen gehabt, die uns eine tiefe Verbundenheit spüren ließ. Es war mir – und vielleicht uns beiden – nicht klar gewesen, welcher Art diese Verbindung genau war. Irgendwie lag sie zwischen etwas persönlich Erlebtem und einem Feld weiten Daseins. Man könnte sagen, dass wir uns als Menschen deshalb verbunden gefühlt hatten, weil wir beide spürten, dass das Leben nichts Persönliches ist. In der Wahrnehmung war es recht widersprüchlich – die Verbindung bestand drin, sich nicht verbunden, sondern einheitlich zu fühlen. Es war, als ob sich unsere Seelen in einem weiten Raum treffen würden, und als verflössen sie ineinander. Oder anders gesagt: als würde sich das große Sein in uns zwei Menschen gegenseitig spiegeln.

Jeduschin hatte mir ja ohne Umschweife gesagt, dass Barbara weiterhin auf dem Hof leben würde, und ich hatte es gerne als Aufforderung verstanden, der Sache nachzugehen und zu sehen, wie es nun mit uns beiden, dem Zusammenhalt und der Aufgehobenheit im großen Dasein stünde. Von Jeduschin war an diesem Morgen nichts zu sehen, und im Grunde war es mir sehr recht so, denn trotz unserer gegenseitigen Offenheit dem Thema Barbara gegenüber hätte ich mich nicht gerne erklärt, dass ich jetzt hingehen würde. So ging ich nach einem kleinen Frühstück in der Küche den Berg hinunter in Richtung Meer, dem Weg folgend, den ich früher einige Male gegangen war, mit Jeduschin und auch allein. Der Weg war jetzt mehr zugewachsen, aber durchaus noch zu erkennen, und ich wusste ja auch um seinen Verlauf. Der Bach rauschte in der Nähe wie damals, und auch diesem Klang konnte ich leicht folgen, hätte ich mich denn verlaufen. Und wieder kam ich am Acker vorbei, den Jeduschin bestellte, und er war geordnet wie früher. Nahe des Meeres bog ich zum Bauernhof ab, und wie ich dem Hause näher kam, klopfte doch mein Herz – anders als damals, als ich unversehens in die Geburtstagsfeier des Hausherrn geriet und nichts erwartet hatte. Wie schwer war es doch, nichts zu wollen – also ganz in diesem weiten Gefühl zu sein, das nicht nur dem Leben seinen Raum ließ, sondern das Leben selbst war. Aber auch mein Herzklopfen war ja das Leben –sagte ich mir – und trat zum Haus. So belebt der Vorhof damals an diesem Fest gewesen war, so unbewohnt wirkte er diesmal; kein Mensch war zu sehen. Etwas scheu trat ich heran, und offenbar war meine Ankunft doch bemerkt worden, denn eine Frau trat aus dem großen Hauseingang und fragte, was ich denn wolle. Ich erzählte ihr vom damaligen Geburtstagsfest, zu welchem ich spontan eingeladen worden war, und dass mir Barbara damals die Umgebung gezeigt hatte.

Die Frau bedeutete mir, dass der damalige Hausherr unterdessen verstorben sei, und dass ein jüngeres Paar aus der großen Verwandtschaft nun den Hof bewirtschafte, und das seien der Mann von Barbara und sie selbst, die ihm zur Seite stünde. So war es also: Barbara hatte sich weiter in dieser Bauernwelt etabliert, der sie doch nicht wirklich zugehörte. Beides wusste ich von Jeduschin, und sie hatte mir vor meinem Weggang vor vielen Jahren auch gesagt, dass sie hier bleiben würde. Die von vielen als einzige Realität erlebte äußere Welt würde danach verlangen – vor allem auch ihr Kind – und sie sei gewillt, den Preis dafür zu entrichten. Unsere Begegnung war auch ihr unvergesslich geblieben, denn das Leben hatte damals in unseren Seelen gemeinsam geschwungen. Und ich dachte, dass wir uns stets verbunden fühlen würden, weil das gemeinsame Sein im Einen zeitlos war. Die Frau auf dem Hof berichtete mir, dass Barbara auf dem Felde wäre, und dass ich doch warten solle, bis sie wieder käme – es würde wohl nicht mehr lange dauern. So setzte ich mich an den Holztisch, der vor dem Haus stand, und die Frau war so freundlich, mir ein Glas Wasser zu bringen, denn ich hatte ihr gesagt, dass ich den längeren Weg von Jeduschins Anwesen gekommen war.

Die Figur von Barbara erkannte ich sogleich, als sie in den Hof trat; nur ihre dunklen Haare waren jetzt von einigen silbrigen Streifen durchzogen. Sie erkannte mich ebenso, und wir nahmen uns in die Arme, als hätten wir uns vor wenigen Wochen letztmals gesehen. „Es ist schön, dass du gekommen bist", sagte sie dann, „ich habe dich erwartet". – „Du hast mich erwartet?", meinte ich erstaunt. Das machte mich nun doch verlegen, und ich wusste nicht, wie lange sie denn gewartet hätte. War es, seit sie erfahren haben mochte, dass ich wieder bei Jeduschin war, oder war es seit den fast zehn Jahren, als wir uns mit wenigen Worten verabschiedet hatten? War da etwas auch von ihrer Seite her unaufgelöst geblieben? Ich fragte aber nicht nach der Zeitspanne und war einfach froh, sie wiederzusehen. Und mir ging die große Frage durch den Kopf, was denn eigentlich Beziehung sei.

Meistens geht man ja davon aus, dass Beziehung ein regelmäßiges oder zumindest gelegentliches Treffen beinhalte, und dass sich damit eine Vorstellung davon verbindet, wie das Verhältnis sei. Es konnte ein inniges, allenfalls auch intimes Verhältnis sein, oder auch einfach ein freundschaftliches, aber beide Menschen würden die Beziehung ähnlich interpretieren, und so gäbe es zumindest einen unausgesprochenen Konsens darüber, was sie sei. Bei Barbara und mir war es aber anders. Bei diesem neuen Zusammentreffen war mir sofort klar, dass wir eine enge Beziehung zueinander hatten, wenngleich wir uns jahrelang nicht gesehen und auch nichts voneinander gehört hatten. In der Zwischenzeit hätten wir beide unser Verhältnis vielleicht auch nicht als Beziehung definiert, und dennoch hatte es offensichtlich die ganze Zeit überdauert. Und ich erinnerte mich auch an Esmeralda, die mich damals gefragt hatte, ob ich Barbara liebe. Ich war in solchen Dingen ja immer scheu gewesen, aber ich hatte es damals zugeben müssen, wenngleich ich nicht hätte erklären können, was diese Liebe war, denn Barbara und ich hatten uns damals ja nur zweimal gesehen. Beziehung und auch Liebe scheinen nicht von Zeit abzuhängen und in die Weite des Daseins zu reichen, wie sonst nur Weniges. Die Tiefe des Lebens wird dort erfahren, und vielen Menschen geschieht es auch nur darin. Vielleicht hängen sie deshalb in so intensiver Weise an ihren Beziehungen und wollen sie fixieren, damit sie ihnen auf ewig bleiben mögen. Aber genau dadurch werden viele Beziehungen und auch manche Liebe unlebendig. Offenbar ist es nicht möglich, sie frisch zu erhalten, wenn man sie in das Korsett der Beständigkeit zu schnüren versucht. So wie das Leben letztlich immer unsicher und gerade deshalb lebendig ist, so verhält es sich vielleicht auch mit Beziehungen und vor allem mit der Liebe. Sie entziehen sich unserem Wollen. Meine diesbezüglichen Gedanken kehrten zu Jeduschin zurück, denn auch Beziehungen gehörten offenbar nicht ‚jemandem‘. Eher waren sie einfach ‚sich selbst‘, wie das Leben ganz allgemein. Denn auch das Leben gehörte nicht mir, so wie Jeduschin es einmal gesagte hatte: ‚So etwas wie dein Leben gibt es nicht‘. Auch diese Vorstellung klammerte sich ja an die Idee einer wirklichen Person, der nun so etwas wie das Leben gehöre. Und dabei war es doch umgekehrt – wir gehören dem Leben und sind ein Ausdruck davon.

„Ich habe dich nie vergessen", antwortete ich schließlich auf Barbaras Bemerkung, mich erwartet zu haben. Die Zeitlosigkeit unseres gemeinsamen Seins zeigte sich darin ebenso, wie in ihrer Erwartung, und das fühlten wir beide. Als ich Barbara vor vielen Jahren kennenlernte, dachte ich, dass sich ihr äußeres Leben und ihre innere Situation nicht wirklich miteinander verbinden konnten, weil sie auf dem Bauernhof und in ihrer Partnerschaft auf eine Weise lebte, worin ihre innere Situation und ihr tiefes Wissen keine Resonanz finden konnten. Und nun überlegte ich mir, ob dies vielleicht grundsätzlich nicht möglich sei. Dass es wohl keinen Menschen gäbe, mit dem man auf Dauer den Alltag und ein tiefes Innenleben teilen könnte. Obwohl die täglichen Aufgaben dem inneren Sein keine Fesseln anzulegen vermöchten, könnte das dauernde Zusammensein mit einem Menschen doch die innere Wahrnehmung einschränken. Als getrennte Erscheinungen würden sich auch zwei spirituell offene Menschen in ihrer Unterschiedlichkeit erfahren. Daran gibt es auch nichts auszusetzen, denn Verschiedenheit gehört zum Menschsein. Die gleichzeitige Wahrnehmung von Einheit und Verschiedenheit wäre aber eine schwierige Angelegenheit. Es wäre wie eine Gratwanderung mit der Gefahr, auf die eine oder andere Seite zu fallen, so dachte ich mir. Auf die eine Seite der alltäglichen Lebensgestaltung mit ihren Schwierigkeiten – also auf die Seite der Trennung –, oder auf die andere Seite der Einheit, die angesichts der doch bestehenden Verschiedenartigkeit zur Vereinnahmung des einen oder anderen führen könnte. So gesehen war Barbaras Lebensform durchaus angemessen. Auch wir zusammen hätten uns an einem Alltag gestoßen, der die Verschiedenheit der Menschen zwangsläufig zum Vorschein bringt. Vielleicht hätten wir uns an der häuslichen Arbeit gerieben oder an der Kindererziehung, und die tiefe Verbundenheit hätte darunter gelitten.

Ich hatte Barbara nicht vergessen, weil der Moment unserer ersten Begegnung so stark gewesen war, und weil sich die Innenwelt und die äußere Begegnung miteinander verbunden hatten. „Glaubst du, dass wir zusammen ein gutes Leben hätten führen können?" fragte ich sie nach all dem, was mir durch den Kopf gegangen war. „Ich weiß es nicht", meinte sie daraufhin, „mir scheint, dass du kein Bauernsohn bist, und ich hätte nicht in die Stadt wegziehen mögen, weil hier meine Heimat ist". – „Und der Geist?" fragte ich weiter. „Ach du, er ist so unergründlich. Und so wie er keine Form hat, hat er auch kein Geschlecht. Wir aber sind Frau und Mann, und die Geschlechter können sich nur punktuell miteinander verbinden, körperlich und geistig. Das Spezielle an unserer Welt ist doch, dass alles eins ist, und dass es doch als zwei erscheint. Als das Viele, das sich unterscheidet, und das zugleich nicht unterschieden ist. So ist es auch mit den Menschen – sie unterscheiden sich immer, auch wenn sie sich noch so ähnlich fühlen. Ein dauerhaftes Glück zwischen zwei Menschen gibt es nicht. Nur ein gespieltes, wenn sich zwei Menschen einander so angleichen, dass sie nicht mehr ohne einander sein können. Wir zwei wissen wenigstens um unsere Unterschiedenheit, auch wenn wir uns im inneren noch so verbunden fühlen." Ich merkte, dass ich meine Fantasien von einem gemeinsamen Leben fallen lassen musste. Es wäre entweder ein Leben der Anpassung, mindestens für einen von uns, oder es verlöre in den Verschiedenheiten mit der Zeit die tiefe Verbindung. „Das Beste, was wir zusammen haben können, ist also, dass wir uns gelegentlich treffen und unser tiefes gemeinsames Sein wahrnehmen?" sagte und fragte ich zugleich. „Dass wir uns treffen oder nicht treffen – es kommt auf das gleiche heraus", antwortete sie mir. Und wieder war ich desillusioniert – auch diese Hoffnung zerfiel gerade vor meinen Augen. Und genau in diesem Moment schimmerte etwas Wunderbares auf: ich war einfach da, und Barbara war da. Indem alle Gedanken und Hoffnungen in sich zusammenfielen, glänzte das Leben auf, das zeitlose wahre Sein, das an keinerlei Bedingungen geknüpft ist, an keine Vorstellung, keine Idee und kein Wollen. So also fühlte sich wirkliches Leben an, und das war auf Dauer nicht aufrecht zu erhalten – die Menschen würden daran verbrennen.

Und noch immer standen wir vor dem Bauernhaus, und da kam uns Barbaras Mann entgegen und verschwand im Haus, ohne von mir weiter Notiz zu nehmen. Er war sich wohl gewohnt, dass hin und wieder Besucherinnen und Besucher zu Barbara kamen, denn es gab ja diesen Kreis von Menschen, denen Barbara zugehörte, und die er nie verstanden hatte. „Für meinen Mann sind meine besonderen Begegnungen kein Problem. Er spürt zwar, wenn sich etwas vollzieht, das ihm nicht zugänglich ist, aber er stört sich nicht daran, weil sein Leben hier nicht infrage gestellt ist." So waren wir wieder auf dem Boden dieser äußeren Realität, und zugleich schwang dieses andere Sein zwischen uns weiter, und ich wusste, dass wir beide es mitnehmen würden, wenn wir wieder unsere Wege gingen. Und es war nicht notwendig zu wissen, ob wir uns bald wieder sehen würden, oder erst in vielen Jahren, oder gar nie mehr. Wir verabschiedeten uns herzlich, so wie man sich von einem sehr nahen und sehr lieben Menschen trennt, und meine Schritte leiteten mich zum Meer hinunter, wo ich seinerzeit mit Barbara in der kleinen Bucht gesessen hatte. Dort schweifte mein Blick über das weite Wasser, und ich fühlte mich allein und aufgehoben zugleich.

In all diesem Geschehen begleitete mich wieder das Gefühl, das ich ‚das Mysterium des Lebens‘ nannte. Ergriffen davon saß ich auf einem Stein in der Bucht und schaute den Kindern zu, die hier am Wasser spielten. ‚Wie sich das Leben doch wunderbar gestaltet‘, dachte ich, ‚und die Kinder wachsen wie die Pflanzen – einfach so.‘ Lange blieb ich sitzen, denn ich wollte nicht, dass mich diese Stimmung verlassen würde. Ich dachte, dass sie abfallen könnte wie Herbstlaub, wenn ich denn aufstünde. Schnell konnte einen ja das alltägliche Vielerlei einholen. Versöhnt erhob ich mich schließlich doch vom Stein, und ich begab mich langsam auf den Rückweg zu Jeduschins Klause oben am Hang. Dafür würde ich einige Zeit brauchen, und ich hatte an diesem Morgen genug erlebt, um nicht noch weitere Eindrücke sammeln zu wollen. So ging ich zurück zum Weg, der an Jeduschins Acker vorbeiführte, und ich beabsichtigte nichts. Ein erlöstes Empfinden begleitete mich, als wäre alles getan auf dieser Welt, und ich fühlte mich frei.

Als ich zum Acker kam, sah ich, dass die Tomaten reif waren, und ich dachte, dass es Jeduschin vielleicht dienen würde, wenn ich einige mitbrächte. Und weil ich dafür keinen Behälter hatte, setzte ich mich auf den Boden und flocht mit Blättern und Stauden so etwas wie einen Sack, um die Tomaten mitnehmen zu können. Und zwei davon aß ich mit Freude. Die südliche Sonne hatte sie in einer Weise schmackhaft werden lassen, wie ich es sonst nicht kannte, aber vielleicht lag es auch an Jeduschins Hingabe, dass sie so wunderbar reiften. Und wie ich die Blätter und Halme zusammenflocht, sah ich verschiedene Insekten über die Blätter gehen und teilweise davonfliegen – offenbar waren sie hier zuhause. So mussten sie sich also ein neues Heim suchen, aber ich war darauf bedacht, dass sie keinen Schaden nähmen. Auch sie gehörten zu dieser Welt, die mir gerade so wunderbar erschien. Es war mir, als wären sie meine kleinen Geschwister. Schließlich ging ich mit meiner improvisierten Tasche den Berg hoch, bis ich müde von allem in Jeduschins Klause ankam. Er war nicht da, und so legte ich die Tomaten in die Küche und mich selbst auf die Wiese vor dem Gästehaus. Der Baum über mir gab Schatten, und bald schlief ich ein.

Als ich aufwachte, war es Mitte Nachmittag. Ich ging dann zum Hof hinüber, und am Steintisch saß ein junger Mann, der hier auf etwas zu warten schien. Wir begrüßten uns, und er erzählte mir, dass er eben hier vorbei gekommen sei, und dass er fragen wollte, ob man ein Zimmer mieten könne. Es gefalle ihm gut da, und es würden vielleicht auch noch einige Kollegen kommen. Einige Tage hier zu verbringen wäre für alle schön. „Ich weiß nicht, ob hier Zimmer vermietet werden", antwortete ich ihm, „ich glaube eher nicht. Mir scheint, dass man eingeladen werden muss, um hier zu bleiben, und das hat etwas damit zu tun, was wahrgenommen wird." Der junge Mann schaute mich verständnislos an und sagte, „dann ist dies hier Privateigentum?" – „Von den Besitzverhältnissen her mag das so sein", meinte ich dazu, „aber so einfach ist es nicht. Es ist privat und doch nicht privat. Der Hausherr namens Jeduschin entscheidet, wer hier Unterkunft findet. Anfragen beantwortet er aber meistens negativ, denn die Initiative muss von ihm ausgehen. Dann sind es aber wirklich Einladungen, die er ausspricht. Dafür kann man sich jedoch nicht bewerben." – „Eine komische Sache ist das hier", meinte der Mann daraufhin. Und er erzählte von seinen Touren, wo er immer wieder auf nette Gasthöfe stoße, die abends manchmal auch Gesellschaftsspiele veranstalteten. Hier aber sei er auch in der Kapelle gewesen, und er habe gedacht, dass es vielleicht ein kleines Koster sei. Es sei ihm aber merkwürdig vorgekommen, dass die Kapelle leer war, und er hätte einen Altar und die Kerzen vermisst, an die er gewohnt sei. Ob es hier eine spezielle Sekte sei? „Das gerade nicht", antwortete ich, „eher ist es so, dass hier kein Platz für spezielle Heilsvorstellungen ist. Deshalb ist die kleine Kirche leer." Das verstand der junge Mann nun gar nicht, denn er war ganz ein Mensch der ,diesseitigen Welt'. Er befand sich ja auch im entsprechenden Lebensalter, und so konnte ich ihn gut verstehen. Es war mir aber auch klar, dass Jeduschin bei diesem Menschen etwas fehlen würde – das Interesse an dem, was die Welt und das Leben im Tiefen ausmacht. Menschen in der äußeren Welt haben den Vorteil, dass sie mit sich selbst nicht im Widerspruch stehen, weil sie die Spannung nicht kennen, die zwischen Innen und Außen auftreten kann. Sie haben daher auch keine Auseinandersetzung mit sich selbst zu bewältigen, was ihnen wiederum viel Kraft für die Wege in ihrer Welt gibt. So wirkte der junge Mann auf mich. Er schien die Dinge anzupacken und sie zu gestalten, wie es ihm beliebte, und wohl bemerkte er nicht, dass es das Leben selbst war, das ihn anpacken und gestalten ließ. Wie ich diesen Gedanken nachhing, stand der junge Mann auf. Offenbar hatte er genug gehört, um nicht weiter bleiben zu wollen, und so kam es nicht einmal dazu, dass er Jeduschin nach der Vermietung von Zimmern fragen konnte. Ich war aber sicher, dass er einen passenden Gasthof finden würde, und dass er dort auf Menschen träfe, mit denen er sich gut unterhalten und abends vielleicht ein Kartenspiel machen könnte. Zu beidem war der Ort hier weniger geeignet. So wurde ich unversehens zum Stellvertreter von Jeduschin, und die Sache hatte sich wohl durchaus in dessen Sinne entwickelt. Allerdings konnte man bei Jeduschin nie ganz sicher sein, was er für passend hielte, und es war nicht ausgeschlossen, dass er durchaus für ein Kartenspiel zu haben gewesen wäre. Dabei wäre sein umfassender Geist allerdings stets präsent gewesen und das Kartenspiel hätte eine tiefere Dimension bekommen. Das hätte den jungen Mann vielleicht sehr verwirrt, wenngleich dies für ihn eine Chance zur Wandlung gewesen wäre, so wie ich es hier früher erlebt hatte.

Weil mir bei der Sache nicht mehr ganz wohl war, erzählte ich Jeduschin beim Abendbrot von der Begegnung. „Es ist schon gut", meinte er daraufhin. „Es ist eben dies, was geschehen ist. Das Leben hat immer recht, und so wird es für den jungen Mann so passend gewesen sein. Die Sache hätte sich sicherlich anders entwickelt, wenn darin mehr angelegt gewesen wäre, und es hätte auch sein können, dass ich statt dir den Mann getroffen hätte. – Das heißt aber nicht, dass ich ihm ein Zimmer vermietet hätte!" fügte er lachend hinzu. So wie es war, war es einfach das, was es war.

Das war das Leben, und alle weiteren Überlegungen dazu waren in den Augen von Jeduschin überflüssig. Das merkte ich mir einmal mehr ganz gründlich. Schweigend genossen wir dann das weitere Abendessen, und die Wespen summten um uns herum. Jeduschin hatte die Tomaten in der Küche entdeckt und daraus einen wunderbaren Salat gemacht, der nicht nur mich, sondern auch die Wespen anzog, und so feierte die Natur ihre Präsenz. Nichts war ausgeschlossen, und auch der junge Mann hätte dabei sitzen können, wenn er denn hier geblieben wäre. Den Abend ließ ich in leisen Gedanken an den Tag ausklingen, und das Gästebett nahm mich wieder auf für eine lange gute Nacht.

Als ich erwachte, leuchtete die Sonne schon zwischen den Fensterläden und dem Vorhang hindurch und begrüßte mich zum kommenden Tag. Wenngleich mir Barbara nicht ganz aus dem Kopf gegangen war, fühlte ich mich doch erholt und in Übereinstimmung mit dem Geschehen. Oder genau genommen war da einfach dieses Geschehen des vergangenen Tages, das in einem Gefühl von Wohlsein aufgehoben war. Mit der Beziehung zu Barbara verbanden sich keine Ansprüche, und es gab deshalb auch keine Einsamkeit darin. Ich fühlte aber auch, dass es eine wahre Kunst war, ohne Ansprüche zu sein. Im Grunde können diese auch nicht individuell bewältigt oder weggelassen werden, sondern nur im Gesamten, nur als allgemeine Lebenshaltung. Erst dort, wo es nicht mehr um ‚mich' ging, erst dort, wo sich die Weite des Daseins auftat, gab es keine Wünsche mehr. Im Lebensganzen hatte das Individuelle wenig Bedeutung, und darin lag eine Art Erlösung und Freiheit. Bedingungslos im Ganzen aufgehoben war auch meine gelegentliche Empfindung von Alleinsein keine Einsamkeit. Eher entsprach das Gefühl dem Umstand, dass die Freuden und Leiden des Lebens und der Welt stets eine Spiegelung in einem selbst sind.

Mit solchen Gedanken trat ich an diesem Morgen ins Freie und in die Realität des Daseins. Die Sonne schien auf den Platz vor dem Gästehaus, und es war schon warm. Barfuß trat ich auf die Wiese und fühlte den feuchten Grund unter meinen Füssen. Der Tau lag noch auf den Gräsern, und das Licht der Sonne glitzerte mir in vielen kleinen Perlen entgegen. So musste es auch mit den Menschen sein, ging es mir da durch den Sinn. Auch sie zeigten das eine Licht, das alles ist. Viele würden das Licht aber nur undeutlich sehen, weil sie den Wassertropfen von innen wahrnehmen, als wären sie in einer Blase. Darin spiegelt man sich selbst in all seinen Erfahrungen, und darin beschäftigt man sich auch mit sich selber. Vom Individuum her gesehen ist etwas anderes auch gar nicht möglich – das ist die Begrenzung des individuellen Menschseins. Das Ganze zu sehen ist erst möglich, wenn die Blase platzt. Und das ist die Blase der Vorstellung, ein begrenztes Individuum zu sein.

Wie schon früher nahm ich wieder zwei Ebenen gleichzeitig wahr. Da war dieser Körper, der auf der Wiese stand und seinen Gedanken folgte, und da war zugleich ein unfassbares ‚Etwas' in allem Dasein. Dieses ‚Sein' war wie das Licht, das sich in den Tauperlen spiegelte, wie ein Licht, das in allem war. Und ich dachte, dass die Perlen nicht ohne das Licht sein könnten, und das Licht nicht ohne die Perlen und ohne alles andere in dieser Welt. Und dann war mir, als würden die Perlen selbst leuchten, und auch die Gräser, die Bäume, dieser Körper, die ganze Landschaft, ja die ganze Welt. Selbst der Steintisch im Hof schien mir zu leuchten, und auch der grob gepflasterte Boden und Jeduschins Haus. Und die Kapelle. Es schien mir das Wesen des Lebens und aller Erscheinungen selbst zu sein, das mir hier begegnete.

Mit der Hoffnung auf ein Frühstück ging ich aus dem Haus. Jeduschin war nicht zu sehen, aber ich hörte ihn in der Küche hantieren, und so trat ich ein. „Der Morgen ist leuchtend", sagte ich begrüßend zu ihm. – „Stets ist die Welt leuchtend", antwortete er, und schon wieder fühlte ich mich in einem tiefen Sinne von ihm abgeholt. „Heute gibt es frisch gebackenes Brot", meinte er mit einer Handbewegung zum Ofen hin, dem ein wunderbarer Duft entströmte. „Leuchtendes Brot", fügte er lachend hinzu. Damit bestätigte er meine eigene Wahrnehmung. Alles Brot war leuchtend, und alle Welt. „Wollen die Kirchenvertreter mit ihren Monstranzen und Hostien darauf hinweisen?" fragte ich ihn daraufhin. Mindestens die goldenen Monstranzen leuchteten ja auch, und dies vor allem, wenn ein Priester sie über dem Altartisch in die Morgensonne halten konnte. „Schade, dass viele meinen, es sei nur die Hostie", antwortete Jeduschin darauf. „Nicht alle sehen die Welt leuchten, aber es ist ja auch kein Licht für die Augen, sondern eines für die Seele." Das Brot dampfte noch etwas, als er es aus dem Ofen nahm, und dann trugen wir es zum Steintisch, der mir nun gerade wie ein Altar vorkam, und wir legten Butter, Tee, Käse und Konfitüre dazu. Schweigend begannen wir das Mahl, das nun zu einem äußeren und einem inneren gleichzeitig geworden war.

„Viele Menschen leben in einer Blase", sagte ich dann, „und sie können das Licht nicht sehen, das sie umgibt, und das sie selber sind. Und in der Blase finden all die Geschichten statt, welche sie für das Leben halten." – „So ist es", bestätigte Jeduschin. „In der Blase steckt die ‚Person' – das, was Menschen zu sein glauben. Wenn die Blase platzt, ist die Person weg. Allerdings war sie gar nie da, denn sie war nur ein Spiegelbild. Es ist das Bild, das der Mensch von sich hat, wenn er sich selber spiegelt." Das deckte sich mit meinen Morgengedanken, und ich fragte weiter: „Und wie kann man die Blase zum Platzen bringen?" „Sie platzt von selbst", sagte Jeduschin, „niemand kann es machen. Die sogenannte Person in der Blase existiert nicht wirklich. So kann sie auch nichts dafür tun, dass die Blase platzt. Im Grunde ist alles nur eine Fata Morgana, auch die Blase selbst und der Glaube an eine darin liegende individuelle Existenz. Die meisten Menschen glauben aber daran, und sie bestätigen sich darin gegenseitig, sodass alle dies für die Wahrheit halten." – „Wir leben also gemeinsam in einer Fata Morgana?" fügte ich fragend hinzu. „Viele tun dies", antwortete Jeduschin, „aber es ist möglich, das zu durchschauen". Eine Weile schwiegen wir und tranken den frischen Kräutertee, der mir nun auch zu leuchten schien. Und die Butter in der Sonne war gleich einer Monstranz, und es brauchte die Monstranz nicht mehr, denn die Butter und die Sonne genügten. Und dabei dachte ich, dass die Monstranz vielleicht auch einfach ein Sonnensymbol sei, denn oft ist sie ja mit goldenen Strahlen versehen. Und dann erinnerte ich mich, was Jeduschin früher über die Symbole gesagt hatte, dass diese der Realität zugefügte Bedeutungen seien. Und so fragte ich ihn: „Außerhalb der Blase gibt es keine Monstranzen?" – „Es gibt goldene Strahlengebilde, so wie Gräser und Bäume, aber sie haben keine besondere Bedeutung". Außerhalb der Blase gab es keine Symbole, nur das, was sich gerade zeigt. Aber dies hatte den größeren Wert als jedes Symbol. Darauf schien mir Jeduschin hinzudeuten. Alles leuchtete, und dem musste nichts hinzugefügt werden. Kraft seiner Existenz war alles in wunderbarer Weise sich selbst, und alles war dieses eine leuchtende Leben.

Nach dem Frühstück ging ich erstmals in diesem neuen Aufenthalt wieder in die Kapelle. Sie war weitgehend unverändert – noch immer stand die leere Schale in der Apsis, und wieder lag ein Tuch daneben, wenn auch ein anderes als vor Jahren. Und sofort fühlte ich mich auch wieder beheimatet in diesem schlichten Raum. Ganz still war es, und wie ich so längere Zeit da war, nahm ich etwas wahr, das als ‚Stille hinter der Stille' bezeichnet werden könnte. Jenseits der Lautlosigkeit schien es eine ursprüngliche Stille zu geben, und das war eine andere Art von Stille als die gewöhnliche Stille, die der Abwesenheit von Musik oder Lärm entspricht. Es war jene Art von Stille, wie sie sich am Schluss eines Konzertes zeigen kann, wenn der letzte Ton verklungen ist und der Dirigent das Publikum mit erhobenen Armen davon abhält, sogleich in Applaus zu verfallen. In jenem Moment sind alle Klänge in einem tonlosen Dasein aufgehoben. Es ist das Gegenteil des Anfangs von Sinfoniekonzerten, wenn beim Stimmen der Instrumente alle Töne planlos durcheinander wirbeln. Nicht alle Klänge gleichzeitig, sondern alle Klänge aufgehoben in der Quintessenz der Musik. So war die Stille in der Kapelle. Als wäre alle äußere Stille in einer viel tieferen Stille aufgehoben, die alles nochmals verdichtet. Vielleicht war sie die Basis der äußeren Stille und auch diejenige aller Klänge.

Und wie ich so dasaß, kam eine Biene durch die offene Türe hereingeflogen und suchte sich ihren Weg durch die Kapelle. Eigenartig war dabei, dass sie mit ihrem Summen die tiefe Stille des Ortes nicht unterbrach. Es war, als würde die Stille nicht gestört, und es war wohl die ‚Stille hinter der Stille' die nicht berührt wurde. Da waren der Bienenklang und die totale Stille gleichzeitig, und mir schien, dass beides sogar eins war. Und wie ich dann hörte, dass weitere Geräusche aus der Umgebung in der Kapelle leicht widerhallten, waren auch diese aufgehoben in der großen Stille. Und ich dachte, dass diese große Stille vielleicht auch in der Stadt wahrgenommen werden könnte, wo in der Regel ja viel Lärm herrscht. So wie sich alle Erscheinungen in der Einheit reinen Seins wiederfanden, so gab es auch ein stilles Wesen aller Klänge. Es war nicht die Summe aller Töne, sondern deren Essenz. War dies das Geheimnis der leuchtenden und klingenden Welt? Dass die Welt nur sein konnte in diesem gestaltlosen stillen Urgrund?

Die Biene fand nach vielen Runden in der Kapelle schließlich den Ausgang wieder. Vielleicht war es das Licht vor der Tür, das sie schließlich angezogen hatte. Sie würde aber nicht bis zur Sonne fliegen können, und ich dachte, dass es sich auch mit den Menschen so verhielt, die dem unfassbaren Daseinsgrund auch nicht zu nahe kommen können. Sie würden sonst darin aufgehen, wie der Tod uns vielleicht einmal aufnimmt in ein Dasein, das uns gänzlich unvorstellbar ist. Auch dort gäbe es vielleicht keine Individualität, so wie die einzelnen Töne eines Konzertes in der Stille nach dem Schlussakkord aufgehen. Und wie das Eigentliche im Verklingen wahrnehmbar werden kann, so könnte es sich auch mit dem individuellen Dasein verhalten: dass sich im Ende all unseres Tuns das eigentliche Sein offenbart. Wie genau die einzelnen Klänge gewesen sind, wäre dabei nicht so wichtig – schließlich gibt es viele Arten von Musik. Diese Überlegungen führten mich wieder zu den Gedanken Jeduschins, der davon überzeugt war, dass die einzelnen Dinge keine wirkliche Bedeutung hätten. Ihre Essenz läge nicht in der Individualität der Erscheinung, so hatte er einmal gesagt, sondern in ihrem Sein.

Leise trat ich aus der Kapelle, und ich war erstaunt, als ich Barbara davor sitzen sah. Hatten wir uns nicht eben für ungewisse Zeit verabschiedet? Dass die Zeitspanne bis zum Wiedersehen so kurz sein würde, hätte ich nun nicht gedacht. Und es war wieder, als hätte sie hier auf mich gewartet, so wie sie es mir beim letzten Treffen gesagt hatte. „Machst du mit mir einen Spaziergang", fragte sie dann, während sie mich groß anschaute. Ihr Blick war von besonderer Intensität, und ich wusste nicht, ob darin ein gewisser Schrecken lag, oder vielleicht waren es Tränen, die sie zurückhielt. „Was ist geschehen?" fragte ich diesem Eindruck folgend. „Es ist eigentlich nichts", antwortete sie scheu, „nur dass ich dich sehen wollte". Da war sie nun, die Frau, die ich liebte, und die ich nicht an mich binden wollte, weil sie doch den Menschen im Bauernhof angehörte. Und ich überlegte wieder, ob sich die innere Welt zweier Menschen über längere Zeit verbinden könnte, ohne dass sich im Äußeren erhebliche Schwierigkeiten ergäben. Das äußere Leben war nun einmal nicht idyllisch. „Warum wolltest du mich sehen?" fragte ich sie dann. Die Frage machte sie offenbar traurig, denn einige Tränen flossen ihr über die Wange, und ich musste mir eingestehen, dass es eine dumme Frage gewesen war, denn ich wusste die Antwort sehr wohl. So nahm ich sie einfach in die Arme und sagte: „Entschuldige die Frage". Ich spürte: sie war einfach ihrem Herzen gefolgt. Meine ganzen Überlegungen über die Zeitlosigkeit innerer Verbindungen fielen in sich zusammen, und ich fühlte, wie die Essenz nach dem Konzertende auch der Klänge des Konzertes bedurfte, um in ihrer Tonlosigkeit zum Ausdruck kommen zu können. Und so wäre es wohl auch mit dem Leben – auch dessen Essenz würde der Ereignisse bedürfen, um sich zeigen zu können. Nur würde es kein Nacheinander sein wie in einem Konzert, sondern ein Miteinander. Die Essenz des Lebens konnte sich also nur zeigen, wenn das Leben auch in allen Facetten gelebt würde, und beides wäre stets gleichzeitig: das Leben von Essenz erfüllt und die Essenz mit Leben gefüllt.

Barbara und ich nahmen uns bei der Hand, und wir traten schweigend auf den Hof, und von dort gingen wir die schmale Zufahrtsstraße zur Wegkreuzung hoch, bei der ich gesessen hatte, als ich von Jeduschin und allen Abschied genommen hatte. „Als ich nach meinem früheren Aufenthalt von Jeduschins Anwesen wegging, saß ich hier und schaute nochmals zum Bauernhof von dir, ohne zu wissen, ob ich nun weggehen oder dorthin wandern würde", gestand ich ihr. Wir setzten uns zusammen auf den Baumstamm, der dort noch immer lag, und es war eine besondere Empfindung, nun mit Barbara hier zu sein. Es fühlte sich an, als hätte sich ein Kreis geschlossen, obwohl er sich ja noch nicht einmal geöffnet hatte. „Ich hatte gehofft, dass du zurückkämest", sagte Barbara leise, „obwohl ich dir gesagt hatte, dass ich auf dem Hof und bei meinem Mann bleiben würde". Letzteres hatte ich wörtlich genommen, und so war ich damals meiner Wege weiter gegangen, auch wenn mein Herz eine andere Sprache gesprochen hatte. Wie leicht man sich doch missverstehen kann, wenn man das Gegenteil von dem meint, was man sagt, und wenn der andere es nicht als das Gegenteil erkennen kann. Um richtig zu verstehen, müsste man tiefer schauen, und das hatte ich damals nicht getan. Und meine Frage vor der Kapelle, warum sie denn gekommen sei, zeugte davon, dass ich es noch immer nicht tat.

„Das Leben kann nur seinen Lauf nehmen, wenn man dem Herzen folgt und nicht auf die Worte hört", sagte ich dann, „und ich habe es nicht getan". – „Da ist keiner, der es hätte tun können", meinte sie daraufhin beschwichtigend. Das erinnerte mich nun wieder an Jeduschin, und an die Gruppe, die ich bei meinem letzten Aufenthalt kennen gelernt hatte, und die damals von ähnlichen Dingen sprach. Barbara gehörte ja dazu, wenngleich sie nicht von Jeduschin zu lernen brauchte, da sie schon früher aus sich heraus verstanden hatte, um was es ging. Es schien ihr einfach gut zu tun, mit Menschen von gleichem Verständnis zusammen zu sein. „Aber es ist gut zu sehen, was jetzt geschieht", führte sie ihren Gedankengang fort, „und auch jetzt macht es keiner, weder du noch ich". – „Dann hätten wir damals auch nicht anders handeln können?" fragte ich nach. „Natürlich nicht", meinte sie dazu, „es ist ja keiner da, der handeln kann, nur das Leben..." – „Wir sind das Leben?" hakte ich nach, obwohl ich es im Grunde schon wusste. – „Was denn sonst", antwortete sie, „das Leben hat stets für dich entschieden, du bist nur der Zuschauer". Davon hatte Jeduschin schon gesprochen, und ich hatte es auch ein Stück weit verstanden. Und nach einer Weile ergänzte sie: „Wirklich zuzuschauen ist wunderschön. Du kannst dich von allem überraschen lassen – nicht nur von dem, was geschieht, sondern auch von dir selber, von dem, was du tust." – „Ich weiß", sagte ich etwas kleinlaut, denn auch das hatte ich schon erfahren. Und was das Leben nun wohl mit uns beiden vorhätte? Ich wusste es nicht. Und ich musste es auch nicht wissen. Was geschehen würde, war wohl wieder einer dieser Klänge, auf die es im Einzelnen letztlich nicht so darauf ankommt.

Und so schaute ich uns beiden zu, wie wir uns in den Armen hielten, und wie sich unsere Herzen verbanden. Und es brauchte nicht einmal Mut dazu, in dieser Weise dem Leben zu folgen, denn das Leben gestaltete sich selbst. Wir waren darin, so wie man in einem Boot sitzt, das dem Fluss folgt. Und wir mussten auch nicht wissen, wie weit es dem Fluss entlang gleiten würde, und ob es an einen Steg kommen würde, wo man es für eine Weile festbinden könnte. – Wir stiegen dann weiter die Anhöhe hinauf, und in einer satten Wiese legten wir uns ins Gras. Barbara hatte in weiser Voraussicht einige Brote vorbereitet, und so hatten wir ein kleines Mahl, was für mich ganz unerwartet war.

„Wer schaut denn nach dem Kind bei Dir?" fragte ich dann, und Barbara antwortete: „Meine Tochter Amanda ist jetzt schon recht selbständig. Als Jugendliche kann man sie tagsüber gut allein lassen, und auch ihr Vater und die anderen sind ja im Bauernhof. Sie macht Schulaufgaben oder hilft auf dem Hof, und auch abends brauche ich hier auf dem Land keine Ängste zu haben. Das nächste Dorf ist entfernt, und es gibt wenig Veranstaltungen gesellschaftlicher Natur.". Also Amanda hieß das Kind – davon hatten wir bisher nicht gesprochen, und ich begann mich mit dem Gedanken zu beschäftigen, was es heißen würde, ihr zu begegnen. So leicht können sich Familiengeschichten miteinander verbinden, und plötzlich wäre man wieder in diesem alltäglichen Leben angekommen, was ich irgendwie doch auch fürchtete. Noch glaubte ich mich nicht stark genug, den Bezug zur inneren Essenz auch in den alltäglichen Anforderungen nicht zu verlieren – denn ein Bauernhof oder ähnliche neue Lebensverhältnisse waren doch etwas anderes als eine kleine Einsiedelei mit einer stillen Kapelle. Vielleicht würde sich dieses Spannungsfeld auch nie ganz auflösen, denn es kam ja nicht von ungefähr, dass es Menschen wie Jeduschin gab, die sich aus dem täglichen Betrieb zurückzogen und sich einem Dasein verschrieben, das ihnen mehr Tiefe und Weite ermöglichte.

Das erinnerte mich an Esmeralda, und so fragte ich Barbara nach ihr. „Sie hatte eine Hütte auf der anderen Seite des Hügels, vielleicht eine Wegstunde von hier, aber wie ich hörte, ist die Hütte im Moment leer", sagte sie dazu. „Und ist sie schon lange weg?" fragte ich weiter, dies im Wissen darum, dass mir Jeduschin diese Frage nicht beantwortet hätte. Sein zeitfreies Dasein stellte er nie zur Disposition. Aber ich war ja noch mehr in einer diesseitigen Realität verankert, und so kam ich überhaupt erst auf die Frage. „Ich weiß es nicht", antwortet Barbara daraufhin, „und niemand weiß es. Nur Jeduschin könnte etwas dazu sagen, aber er tut es nicht." – „Vielleicht Mauro?" vermutete ich weiter. – „Auch dieser sagt nichts dazu, noch weniger als Jeduschin. Wie ich hörte, hast du Mauro kennen gelernt". – „Das ist wahr, ich habe ihn getroffen. Aber ‚kennen gelernt' ist zuviel gesagt. Da ist nicht ‚jemand', den man kennen lernen könnte." – „Ich weiß", meinte Barbara dazu. „Da ist niemand, den man erfassen könnte. So wie wir alle ‚niemand' sind." – „Und die ‚Niemands' lieben einander", fügte ich schmunzelnd an. – „Nicht die ‚Niemands', nur die ‚Jemands' ", korrigierte sie mich. „Natürlich tun sie dies nur vermeintlich. Scheinbar sind sie da, und scheinbar lieben sie sich. Tatsächlich sind sie aber eins, und dort sind sie ‚niemand'." – „Sie tun es nicht. Zu lieben geschieht ihnen", meinte ich dann, und Barbara korrigierte mich wieder: „Nicht ihnen geschieht es. Es geschieht niemandem. Es scheint nur so, als würde es einen betreffen".

Es war wirklich eine Krux mit den beiden Ebenen des Daseins, die letztlich doch eins waren. Da waren Menschen, die etwas erlebten, wie wir beide gerade, und zugleich war es das Geschehen des Lebens, für das niemand etwas konnte, und das nicht zu bestimmen war. Nur scheinbar ließ es sich gestalten, denn die ‚Jemands' hatten diesen Eindruck, doch zugleich war alles auch ganz unbewegt und still. Höchstens hätte man sagen können, dass innerhalb des essenziell Unbewegten – der Stille in der Stille – Ereignisse erschienen, von denen man aber nicht sagen konnte, ob sie nun traumhaft waren, oder wirklich. Eigentlich war es nur eine Frage des Standpunktes, und je nachdem erschien die äußere Welt als real und das essenzielle Sein als irreal – oder eben umgekehrt. Wenn Barbara sprach, so kam oft der Standpunkt des essenziellen Seins zum Ausdruck, aber zugleich hatte sie auch starke Gefühle. Doch waren natürlich auch diese Gefühle nichts anderes als das essenzielle Sein. So war auch unsere Liebe bewegt und unbewegt zugleich, und es machte damit keinen Sinn zu überlegen, wie das Leben von mir und Barbara weitergehen könnte. Das Leben würde sich ereignen, und dies wäre das, was geschieht. Nicht dass das Leben uns etwas ‚zeigen‘ möchte, denn in diesem Fall bestünde eine Trennung zwischen dem Leben das ‚zeigt‘ und den Menschen, die etwas ‚gezeigt bekommen‘. Vielmehr gestaltete sich das Leben einfach durch uns, und das war alles.

Wir blieben noch lange auf der Wiese, sprachen wenig, und still ließen wir es Abend werden. Und es brauchte nichts weiter, um unsere Gemeinschaft zu bestärken. Tief fühlten wir dieses eine stille Sein, das wir waren. Schließlich gingen wir wieder zu Jeduschins Anwesen zurück. An der Abzweigung zuvor verabschiedete sich Barbara, weil sie zu ihrem Hof zurück musste, wo sie von Amanda und allen erwartet wurde. Ich aber legte mich bald zur Nachtruhe, und Jeduschin hatte ich zuvor nicht mehr getroffen.

Der Besuch von Barbara war Jeduschin nicht entgangen, auch wenn ich ihn am vergangenen Nachmittag nicht gesehen hatte. Ich wusste nicht, wo er war, hatte aber auch nicht speziell darauf geachtet. Als hätte er wieder einmal meine Gedanken erraten, begrüßte er mich am nächsten Morgen mit den Worten: „In Beziehungen lernt man das Leben kennen, und man weiß nie, ob man den anderen Menschen, sich selber oder das große Ganze sieht. Vielleicht ist es alles zusammen". Tatsächlich war ich an den Punkt gelangt, wo ich mir ganz unsicher war über das, was sich ereignete. Ich konnte nicht mehr einordnen, um wen oder um was es eigentlich ging. Das betraf nicht nur Barbara – es betraf das Leben selbst. Jeduschin hatte recht: in der Beziehung zu Barbara zeigte sich mir das Grundsätzliche. Ich hatte mir ja schon Gedanken gemacht über die Welt, die sich in uns spiegelt, und kam da doch nicht weiter. Hatte ich bei Barbara nun einen anderen Menschen vor mir, oder nur das eigene Spiegelbild? Sah ich auch in anderen nur mich selbst? Und wer war ich dann als derjenige, der sich selbst begegnet? „Du kannst es nie wissen", meinte Jeduschin, als ich ihm von diesen Fragen berichtete, die mir auch Sorge waren.

Die Fragen betrafen mich tief, weil ich selber so in Frage stand. Nicht zu wissen, wer die anderen, wer ich selber und was die Welt ist, war beunruhigend. Schon bei Mauro hatte ich mit Jeduschin über solche Fragen gesprochen, aber die Thematik war nicht so einfach zu bewältigen. Nun wollte ich von Jeduschin wissen, wie er dies verstand: „Gibt es dich denn überhaupt?" – „Du kannst es nehmen, wie du willst", antwortete er mir. „Du weißt ja selbst nicht, ob es dich gibt, oder ob alles nur Spiegelbilder sind von etwas, das wir nicht kennen." Ich war zwar schon an den Punkt gelangt, wo ich meine Selbstwahrnehmung in Frage gestellt hatte, aber nun musste ich in Betracht ziehen, dass meine gesamte Welt nur aus Spiegelbildern bestand. Doch vielleicht war es nicht wichtig, wie man es versteht und nennt. Selbst wenn die Welt nur eine virtuelle Angelegenheit wäre, so wäre sie doch das einzige, was es gibt. Und damit wäre es auch unerheblich, ob man sie virtuell oder real versteht. „Mir dreht der Kopf", wandte ich mich dann etwas hilfesuchend an Jeduschin, „ich komme nicht mehr weiter. Alles erscheint mir völlig unfassbar. Kann man so leben?" – „Natürlich", beruhigte mich Jeduschin, „es ist bedeutungslos, wie du dich selbst, die anderen und die Welt verstehst." – „Mein Dilemma ist also nicht wichtig?" fragte ich ihn erstaunt. „Natürlich nicht", antwortete er trocken.

„Möchtest Du ein Ei zum Frühstück?" fügte er unvermittelt an, „ich habe Eier vom Bauernhof bekommen". – „Von Barbaras Bauernhof?" fragte ich nach, „hat sie dir Eier gebracht?" – „Meinst du denn, sie wäre nur bei dir zu Besuch gewesen?" forderte er mich lächelnd heraus. Und tatsächlich, das hatte ich geglaubt, als ich sie vor der Kapelle getroffen hatte. Das war mein Spiegelbild des Geschehens. „Gerne nehme ich ein Ei", meinte ich daraufhin. „Spiegelei?" fragte Jeduschin, „das würde zu deiner gespiegelten Welt passen!" Er ist einfach unmöglich, dieser Kerl, dachte ich mir, und ich mag ihn so gern. Aber ich sagte dazu nur: „Spiegelei ist gut."

Wir sprachen nicht viel während des Frühstücks. Jeduschin achtete gerne auf das, was er gerade tat, und so ließ er sich auch nicht vom aufmerksamen Essen ablenken. Als wir damit zu Ende waren, fragte ich ihn, ob es in dieser Gegend außer Wandern und Schwimmen noch andere Möglichkeiten gäbe, etwas zu unternehmen. Es war mir danach, mich praktisch zu betätigen, statt mich weiter mit Spiegelbildern zu beschäftigen. „Du kannst eine Kunstausstellung besuchen, segeln, Berge besteigen oder was immer dir behagt. Oder du könntest die Wiesen rund ums Anwesen mähen, das wäre auch eine gute Möglichkeit." – „Eine Kunstausstellung besuchen, gibt es denn hier ein Museum?" fragte ich ihn, „oder einen Bootsverleih?" – „Nicht gerade nebenan", ergänzte Jeduschin, „du müsstest halt etwas weiter weg. Zu Fuß zwei Tage, und mit dem Esel einen Tag." Das war also wieder eine von Jeduschins Herausforderungen. Also die Botschaft war klar: Wiesenmähen war angesagt. „Hilfst du beim Mähen", fragte ich dann, um auch ihn etwas zu fordern. „Ich werde die Halme zusammennehmen, die du liegen gelassen hast", meinte er daraufhin, und wieder einmal wusste ich nicht, ob seine Antwort zweideutig war. Wollte er wirklich helfen, oder bedeutete er mir, dass ich noch vieles in meinem Leben nicht richtig zusammengeräumt hatte? Er war zwar schon älter, aber immer noch rüstig, und meistens würde er die Wiese wohl alleine mähen, dachte ich mir. Also würde seine Antwort eher in die andere Richtung weisen. „Welche Halme habe ich denn liegen gelassen?" fragte ich ihn deshalb. „Ach so einige. Ein Heuwagen würde genügen, um sie alle aufzuladen." Das hätten Esmeraldas Worte sein können, die mich in meinem früheren Aufenthalt stets radikal herausgefordert hatte. Spielte Jeduschin nun ihre Rolle, da sie gerade nicht auffindbar war? „Sag mal, hast du Esmeralda verschluckt?" fragte ich dann unverblümt, und er antwortete ebenso: „Das nicht, nur denke ich, dass deine Philosophien zu den Halmen gehören." Der Hieb saß. „Du hältst meine Gedanken über echte und gespiegelte Existenz und all mein Ringen damit für eine Philosophie?" – „Ein Ringkampf ist das. Allerdings nur ein virtueller", meinte er dazu. Was sollte ich da noch sagen? „Die Sense und die Sicheln sind im Schuppen", fügte er noch an.

Schwitzend mähte ich später die große Wiese, die sich rund ums Haus und die Kapelle zog, und alle meine Philosophien waren mir vergangen. Ich wusste zunächst nicht einmal, wie man mit einer Sense richtig umgeht, und Jeduschin zeigte es mir auch nicht. Er war einfach im Haus verschwunden. So versuchte ich einfach, Schnitt an Schnitt zu legen. Die Halme fielen, und mit der Zeit ging mir die Arbeit besser von der Hand. Dazwischen schärfte ich die Sense mit dem Schleifstein, den ich im Schuppen gefunden hatte, und schließlich dachte ich, dass das Landleben gar nicht so schlecht sei. Es hatte etwas Wirkliches, das meinen Gedanken doch oft abging. Und Gedanken waren ihrem Wesen nach ja ohnehin nicht ‚wirklich', man konnte sie nicht anfassen. Und ich erinnerte mich an die Begegnung mit Landleuten, bei meinem letzten Aufenthalt, und dass ich damals dachte, dass sie mich nicht verstünden. Beim Mähen schien mir nun aber, dass es vielleicht umgekehrt war. Nun begann ich zu verstehen, was es bedeutete, ‚nicht zu denken‘. Vielleicht sprach Jeduschin davon, wenn er meine Philosophien kritisierte?

Mähen war konkret und fühlte sich ‚wirklich‘ an. Das genügt ja für ein erfülltes Leben. Als schließlich die ganze Wiese gemäht war, gab es nichts weiter zu tun, weil das geschnittene Gras an der Sonne trocknen musste, bevor es zusammengenommen werden konnte. Für die Pause legte ich mich vor dem Gästehaus unter einen Baum, und bald begann ich zu dösen. Als ich wieder etwas wacher wurde bemerkte ich, dass sich Jeduschin hinzugesetzt hatte. Er beugte sich dann etwas über mich, was mir den Eindruck vermittelte, als würde sich das Blätterdach verdichten. Es wurde etwas dunkler, und die Atmosphäre gewann an Intensität. Dabei fühlte ich Jeduschins Bewegung als eine Art ‚aktives Geschehenlassen‘, ohne dass es aber mit einer Absicht von ihm zu tun gehabt hätte. Jeduschin ließ einfach das Leben fließen. Wahrscheinlich wollte er nur schauen, ob ich schlief oder die Augen offen hatte.

„Schön hast du die Wiese gemäht“, sprach er mich dann an, „und es scheint auch recht anstrengend gewesen zu sein“. Hatte mich Jeduschin also vom Fenster aus beobachtet, oder fühlte er einfach meine Müdigkeit? „Es war streng, und mit einer Sense zu mähen, bin ich nicht gewohnt“, antwortete ich daraufhin. „Du musst das Mähen geschehen lassen“, ergänzte er, „nicht du sollst mähen, sondern die Sense und dein Körper mähen. Lass Deinen Körper schwingen wie ein Pendel. Es ist wie ein- und ausatmen – auch das geschieht von allein. Wenn sich der Schwung mit dem Atem verbindet ist alles eins. Mähen und Atmen, du und die Welt." So hatte ich es nicht erlebt, denn die ganze Wiese zu mähen empfand ich als anstrengend. Doch nun wurde mir klar, dass da von Anfang an ein Widerstand war. Ich hatte nicht nur gemäht, ich ‚wollte' mähen. Dafür musste ich einer Absicht nachkommen, was das Ganze schwieriger machte. Die Absicht war zwar auch ein Geschehen des Lebens, aber ein unnötiges, wie mir nun klar wurde. „Kannst du mir zeigen, wie ‚Mähen-lassen' geht?" fragte ich Jeduschin dann. „Leider ist die ganze Wiese schon gemäht, aber abends können wir zusammen das Gras einsammeln", bot er seine Hilfe an, und er fügte lächelnd bei: „atmend können wir Graseinsammeln geschehen lassen." Nun verstand ich besser, wie Jeduschin es meinte, wenn er von seinen Tätigkeiten sprach. Stets ging es darum, sich geschehen zu lassen.

Nach einem leichten Mittagsmahl war ich frei, und ich dachte, zum Bach zu gehen und dort etwas dem ‚Fluss des Lebens' zuzuschauen. Und ich würde sehen, was dann geschähe. Mit dem Bach, mit mir, oder auch durch Unvorhergesehenes. Ich folgte dem Bachbett und dem darin sprudelnden Wasser bis ich zu einem Teich kam, der sich natürlicherweise gebildet hatte. Er lag zwischen verschiedenen Felsformationen, wovon die unteren Felsen den Bach aufgestaut hatten, sodass ein eigentliches Schwimmbecken entstanden war. Weitere Felsstücke und Platten, die bei Hochwasser wohl überschwemmt wurden, bildeten zusammen mit Bäumen und lichtdurchfluteten Grasplätzen eine geradezu idyllische Umgebung. So abgelegen, wie dieser Ort war, wurde er wohl selten besucht, aber ganz unbekannt schien er den Bewohnern der Gegend doch nicht gewesen zu sein, denn da schwamm ein Mann sichtlich genussvoll zwischen den Formationen. Er war etwas erstaunt, dass jemand anders kam, stieg dann aus dem Wasser und setzte sich auf einen der Felsen, nackt wie er geschwommen war. Ich glaubte, den jungen Mann schon einmal gesehen zu haben, und nach unserer Begrüßung fragte ich ihn, ob er einer aus der Gruppe gewesen sei, die vor Jahren bei Jeduschin zu Besuch war. Ich hatte mich damals dazu gesetzt, und wir nähten alle zusammen ein Sonnensegel für den Sitzplatz. Das war viele Jahre her, aber die Qualität der Atmosphäre und die zugleich an der äußeren Welt und am Geist orientierten Gespräche hatten mich beeindruckt, sodass ich die Begegnung nicht vergessen hatte. Auch Colin, mit welchem Namen sich der junge Mann vorstellte, erinnerte sich noch knapp an mich, den damaligen Gast. So saßen wir zusammen auf einem Stein, schauten zur Sonne und ins Wasser, worin sich das Sonnenlicht glitzernd spiegelte, als würde die Sonne sich laufend zerteilen und wieder zusammenfinden. Und dabei war es doch einfach nur diese eine Sonne!

Colin begann dann zu sprechen: „Mit der Suche nach dem eigenen Wesen, dem Selbst oder wie wir es immer nennen wollen, verhält es sich wie mit den Kleidern. Wir lernen von Kind auf, Kleider zu tragen, und wir gewöhnen uns so daran, dass wir uns gar nicht mehr vorstellen können, wie es ohne sie wäre. Oder – sind wir es – ist es ein ungewohntes Gefühl. So verhält es sich mit dem ‚wahren Selbst'. Suchen wir danach, so möchten wir wissen, wer wir ‚wirklich' sind, wie wir also in unserer Natürlichkeit ohne Vorstellungen sind, aber wir sind nicht bereit, ‚unsere Kleider auszuziehen‘. Wir sind nicht bereit, von den gewohnten Vorstellungen, Einstellungen, Wünschen und Sichtweisen der Welt Abstand zu nehmen. Man will Erkenntnis haben, wie man wirklich ist, und behält zugleich die Kleider an, auf die man verzichten müsste, um zu sehen und zu verstehen, wer man ‚wirklich‘ ist. Wir sind aber einfach, was wir in ganzer Natürlichkeit sind." Da hatte Colin Recht, und ich wusste nicht, ob er nun mich ansprach, oder ob er einfach davon berichtete, wie er sein Bad und die Sonne erlebte, und damit das Thema allgemein ausweitete. Es war mir in der Gruppe damals spürbar geworden, dass es stets ums Grundsätzliche ging, wenn die Beteiligten über Allgemeines sprachen, und Colin war sich dies offenbar gewohnt. Allerdings erklärte er sich noch, und vielleicht wäre das unnötig gewesen – er hätte wohl einfach die Situation sprechen lassen können. Weil die Situationen genau genommen aber gar keine Botschaft beinhalten, wäre es einfach die Natürlichkeit geblieben, die hier das Wasser, die Bäume, das Gras und uns Menschen einschloss. Ohne dass ich etwas gesagt hätte, führte Colin aber weiter aus: „Es ist aber schwierig, anderen Menschen in der eigenen Natürlichkeit zu begegnen. Viele Menschen sind sich an Rollenmuster gewohnt und verlangen auch von anderen die Einhaltung bestimmter Verhaltensweisen. Wer innerlich freier ist, steht gewissermaßen ‚nackt und bloß‘ vor ihnen, und sie erlauben sich leicht ein Urteil, das ihrer begrenzten Sicht entspricht. Da kann einem ‚fehlender Realismus‘ angedichtet werden, ‚Verstiegenheit, ‚nicht von dieser Welt zu sein', wenn man nicht gar als Spinner abqualifiziert wird." – „Du hast recht", bestätigte ich Colin wiederum, „und nur manchmal passiert es, dass andere Menschen durch unsere Natürlichkeit auf ihr eigenes Wesen angesprochen werden. In deinem Vergleich wäre es der Umstand, dass sie sich bewusst würden, dass sie unter ihren Kleidern auch nackt sind." Colin schwieg etwas, und wir schauten wiederum ins tanzende Sonnenlicht.

Nach einer Pause fuhr er fort. „Es ist schon eigenartig, wie eine Gesellschaft mit Scheuklappen herumläuft und das für normal hält. Es gibt einen gesellschaftlichen Konsens, dass das eigene Wesen nicht zählt. Und gemeint ist damit nicht die Individualität, sondern unser tiefes Sein, unsere tiefe Natürlichkeit. Nicht viele kennen sie, und wenige zeigen sie. Die Selbst-Entfremdung wird damit zur Normalität, und kaum einer denkt daran, dass man nicht entfremdet sein könnte. Ist das nicht verrückt? Immerhin werden manche von einer Ahnung erfasst, dass es anders sein könnte. Dass man das sein könnte, was man im Tiefen ist. Und dann geht die Suche los – ‚ich will mich erkennen', ‚ich will mich erfassen', und derjenige, der das sagt, ist paradoxerweise derjenige, der gesucht wird. Der Suchende sucht demnach sich selbst. Er ist schon, was er sucht. Im Wege stehen ihm aber alle Vorstellungen von sich selbst und die Meinungen über andere." Darüber hatte ich allerdings auch schon reflektiert. Colin war ein junger Mann, der offensichtlich gerne von seinen Erkenntnissen berichtete. Und er folgte seinen Gedankengängen weiter: „Natürlich gehören auch Vorstellungen über sich selbst und damit ‚falsche Meinungen' zum ganzheitlichen Leben. Vorstellungen müssen auch nicht beseitigt werden, doch können sie durchschaut werden. Sie sind nicht das Eigentliche. Sie sind wie schlecht gekochtes Beigemüse auf einem Teller mit wunderbar schmackhaften Speisen. Man kann sich statt dem Beigemüse dem guten Essen zuwenden. Und dieses ist das ‚wahre Leben', einfach das was ist, ohne Bewertung."

„Ach Colin", unterbrach ich seine Rede, „recht hast du, aber wozu die Rede? Wir sind ja schon natürlich." Und ich stieg ebenfalls ins Wasser, genoss das kühle Nass, tauchte und holte einen wunderbaren Stein herauf, den ich im Sitzen leuchten sah. Er war ganz weiß und von perfekter Schönheit in der Form. Keine Kugel, kein Oval, keine Herzform – er war einfach Stein. So wie die Bäume Bäume waren, und Colin Colin. „Der Stein ist schon alles", sagte ich dann, aber auch diese Worte waren im Grunde überflüssig. „Da muss nichts erklärt werden, nichts geschehen, und nichts erreicht werden. Der Stein ist einfach, was er ist – unermesslich, vollständig, ‚rund und ganz'. Wie alle Erscheinungen ist er das Mysterium. Man wird das Ganze nie begreifen können." Nun war es an Colin, mir zuzustimmen, und wir waren uns stillschweigend einig darüber, dass es das Beste war, dem glitzernden Wasser weiter zuzuschauen, und die Vögel zu hören, die in den Bäumen zwitscherten.

Zusammen gingen wir nach dem Bade zu Jeduschins Haus, das Colin ja auch kannte. Oben angekommen begrüßten sich Jeduschin und Colin herzlich, denn sie kannten sich ja gut. Jeduschin stand zu den Menschen seiner Umgebung in einem warmen Kontakt, und vielleicht liebte er sie alle. Wir erzählten ihm von unserer Begegnung und den gemeinsamen Erwägungen, denen er gerne zustimmte. Zu den Lehrgesprächen allgemein meinte er, dass diese im Schulunterricht zwar angebracht seien, aber bei spirituellen Lehren verhalte es sich etwas anders. „Erfahrungen können nicht gefördert werden", führte Jeduschin dazu noch aus, „denn auch wohlmeinende Förderungen bedienen nur die Person, welche die Menschen zu sein glauben. Und darum geht es in der Spiritualität nicht. Da geht es im Gegenteil um die Relativierung dieser ‚Person'. Auch spirituelles Lernen kann nicht stattfinden, wie eine andere Angelegenheit. Es passiert bei bestimmten Gelegenheiten, aber man kann es sich nicht vornehmen."

Jeduschin benannte damit das Dilemma, das in einer tiefen Weltsicht seit je besteht: man spricht von Dingen, über die nicht gesprochen werden kann. Und doch gibt es auch keinen anderen Weg, damit umzugehen. „Ein richtiger geistiger Lehrer wäre demnach ein ‚Leerer'," meinte ich daraufhin, „also einer, der den Menschen hilft, leer zu werden" – „Sofern er sich als Person versteht, der andern hilft, könnte man das so sehen", klärte Jeduschin die Thematik, „aber ohne ein Selbstverständnis als Person kann nicht gelehrt und auch nicht geholfen werden. Allenfalls sieht es so aus, als würde geholfen." Jeduschin erläuterte dies anhand von Beispielen weiter: „Die Funktionsweise eines Baumes kann zwar beschrieben werden, aber muss man ein Kind lehren, dass der Baum existiert? So ist es auch mit der Sonne, den Nachbarn und den Büchern. Inhalte der Bücher sind immer Beschreibungen, aber das Buch selbst kann nicht gelehrt werden. Es ist einfach. Papier, Umschlag, Buchstaben, sogar der Inhalt existiert einfach."

Angesichts dessen erschien es mir unverständlich, warum Menschen immer alles erklären und andere belehren wollen, womit sie im Grunde nur Konzepte schaffen und diese weiterverbreiten. So nahm ich meine vorherigen Gedanken nochmals auf: „Eine spirituelle Lehre – so es denn so etwas geben würde – wäre demnach eine leere Lehre, die Lehre der Leere, welche keine Lehre sein kann, da sie ja leer ist?" fragte ich Jeduschin daraufhin. „So viel leere Lehre", lachte er. Nach einer Weile ergänzte er dann aber doch: „Die Leere kann nur ‚nicht etwas‘ sein, d.h. sie existiert nicht als etwas, das erfahren werden könnte. Sie ist auch nicht ein Attribut oder etwas den Erscheinungen Hinzugefügtes, wenngleich sie manchmal als der ‚Urgrund‘ aller Dinge bezeichnet wird. Auch dieser Urgrund ist aber ein Konstrukt, weil man den Dingen, den Erscheinungen und der Welt nichts hinzuzufügen braucht, damit sie ‚sind‘. Die Menschen lieben Erklärungen über alles, und sie werden dadurch von dem abgelenkt, was ist, wenn alle Erklärungen wegfallen. Ihre Furcht ist allerdings verständlich, weil man sich dann sich an nichts mehr halten kann und ins Bodenlose fällt." Und an mich gewandt sagte er, dass ich dies bei meinem früheren Aufenthalt doch erlebt und sicher nicht vergessen hätte. Das war nun allerdings sehr war, denn ich war damals durch ein dunkles Tal gegangen. Und Jeduschin führte dann weiter aus: „Was in solchen Fällen geschieht, ist ‚nicht zu sein‘, also etwas gänzlich Unvorstellbares. Wie soll man über etwas Unvorstellbares lehren?" Es war wirklich unmöglich, dachte ich mir dabei, und trotzdem wird es seit Jahrhunderten versucht. Ich sagte aber nichts mehr weiter, und auch Colin schwieg.

„Ich habe Pfannkuchen gemacht", verkündete Jeduschin daraufhin, „ich hoffe, dass ihr sie mögt." Hungrig geworden waren wir jedenfalls, nicht nur vom Bad, sondern auch von der eben besprochenen Thematik, die interessant und zugleich irgendwie hoffnungslos war. Der Kuchen war ausgezeichnet, und ich bewunderte die überraschende Backkunst von Jeduschin, der doch meistens nur sehr einfache Gerichte zubereitete. Weil Colin recht entfernt wohnte, lud ihn Jeduschin ein, die Nacht in seinem Anwesen zu verbringen. Colin war auf der Rückreise einer längeren Unternehmung am Bach vorbei gekommen, und durch die Begegnung mit mir und Jeduschin hatte sein Tag eine unerwartete Wendung genommen. Sein Zimmer war offensichtlich nicht im kleinen Gästehaus, denn ich sah ihn nach dem Abendessen dort nicht mehr. So legte ich mich hin und freute mich, den Einbruch der Nacht ganz still verfolgen zu können. Die Dämmerung war in dieser Gegend etwas Besonderes, mehr noch, als sonst wo. Sie hatte etwas Unwirkliches, als würde sich die Welt auflösen, und doch waren es nur die Schatten, welche auf die Landschaft fielen und sie mehr und mehr dunkel werden ließen. Die Mystik des Seins schien mir mit Händen greifbar, und ich dachte, dass das Sonnenlicht diese nur verbergen, aber nicht zum Verschwinden bringen könnte. So wie die Sterne tagsüber auch am Himmel stehen, aber nicht zu sehen sind, weil es zu hell ist.

Jeduschin nahm Colin und mich am nächsten Morgen nach dem Frühstück nochmals zusammen. Offensichtlich war es ihm ein Anliegen, das Gespräch vom Vortag zu ergänzen. Es war darum gegangen, dass das unvorstellbare Wesen aller Dinge nicht gelehrt und auch nicht mit Absicht gelernt werden könne. Im besten Falle war es mit Worten zu umkreisen, und wenn Jeduschin nochmals auf diese Thematik einging, so vermochte auch er nicht mehr zu tun. Wie stets äußerte er sich auch absichtslos, nicht um uns etwas beizubringen, sondern viel eher, weil es noch ,geschehen wollte'.

„Es gibt Menschen, die in schöner Weise zu innerer Ruhe kommen, wenn sie nicht mehr an ihrer eigenen Geschichte hängen", begann Jeduschin. „Sie leben dann gewissermaßen ohne Geschichte und sind ganz präsent. In manchen spirituellen Schulen und von vielen Lehrenden wird dies als Befreiung betrachtet. Allerdings ist es so, dass die persönliche Geschichte leicht wieder zurückkommen kann. Und dann gibt es diese andere Verfassung, in welcher alle Referenzpunkte entfallen und nichts mehr beschrieben werden kann. Der Mensch funktioniert dann gewissermaßen ohne ein persönliches Zentrum, mit dem er identifiziert ist. Dann ist nur noch Unermesslichkeit, unerklärliches Mysterium, wobei allerdings auch der Begriff Mysterium noch zuviel ist, denn dieser überhöht das, was ist." Jeduschin machte eine längere Pause und fuhr dann fort: „Ein persönliches Zentrum gibt es nicht wirklich, und das zu verstehen ist etwas anderes, als seine Geschichte nicht mehr zu pflegen. Es gibt dann nichts Fassbares mehr. Ohne dieses persönliche Zentrum kann allerdings auch nichts Falsches mehr gemacht werden. Die Schulen und Lehrenden, welche einen ‚Weg‘ predigen, implizieren, dass man ihn auch nicht oder in falscher Weise gehen könnte. Es gibt dann eine Wahlmöglichkeit, und damit eben ein persönliches Zentrum. Eine derartige Wahlmöglichkeit existiert aber nicht. Da ist nicht einmal einer, der feststellt, dass man nicht wählen kann. Und doch findet alles wie bisher statt. Es fällt einfach die Illusion weg, dass es ein persönliches Zentrum gäbe, durch das wir das Leben nach eigenem Ermessen gestalten. Die Menschen glauben im Allgemeinen, dass ohne ihren vermeintlichen Willen nichts geschehen würde. Dem ist aber nicht so.“

Jeduschin ließ diese Worte auf uns wirken, und erneut hatte er in mir etwas ausgelöst, was jenseits meiner normalen Erfahrungswelt lag. Es war nicht eine Lehre, die er vermittelte, sondern vielmehr geschah etwas jenseits aller Lehren. Sie lösten sich auf zugunsten einer Atmosphäre, ja einer Existenzform, die nicht zu beschreiben war. Colin stand derweil etwas irritiert neben uns. Offenbar bereitete ihm das Gesagte Mühe. Natürlich war dies auf der Verstandesebene auch nicht zu begreifen, und er versuchte wohl noch zu sehr, die Sache zu ‚verstehen‘. Colin hatte bei unserem Aufenthalt am Bach davon gesprochen, dass wir und die Natur letztlich eins seien, aber was Jeduschin nun bewirkte, ging weiter. Die Aussage, dass die Natur und wir eins seien, war zwar nicht falsch, aber sie ging von einer Unterscheidung aus, die nicht wirklich besteht. Ich unterhielt mich in diesem Moment mit Colin aber nicht weiter darüber, und

Jeduschin achtete seinerseits nicht auf uns. Mir war dabei, als hätte dieser im Grunde gar nichts gesagt. Alle Worte hatten sich aufgelöst, und in dieser Stille sahen wir alle drei zum Himmel, wo ein Bussard über uns seine Kreise zog. Plötzlich stach er nieder, um eine Maus zu packen, die sich zu weit aus ihrem Bau hervorgewagt hatte. Das war ihr Ende, und mir kam es vor, als wäre ich selber diese Maus, und als wäre da auch in mir nochmals etwas zu Ende gekommen.

Colin machte sich dann bald auf den Weg in sein entferntes Heimatdorf. Er beabsichtigte, den ganzen Weg zu Fuß zu gehen, und nahm sich die dafür notwendige Zeit. Wie er mir sagte, blieb er so mit der Erde verbunden, und wir verabschiedeten uns herzlich. Als Colin gegangen war, schaute ich nach dem gemähten Wiesengras, um zu sehen, ob es schon zusammengenommen werden könnte. Es war am Vortag nach dem Mähen an der Sonne liegen geblieben und nun auch während des Morgens. Tatsächlich war es schon ausgedörrt, und es roch wunderbar nach frischem Heu. An einigen Orten mischte ich es mit der Heugabel nochmals auf, damit auch die Unterseite gut durchgetrocknet würde. Derweil schaute ich in der Küche nach, ob vom Frühstück noch Kaffee übrig geblieben wäre, und das war tatsächlich der Fall. So wärmte ich ihn auf und setzte mich damit an den Steintisch, der mir schon sehr lieb geworden war. Die Stimmung hier war einfach wunderbar. Die Aussicht war weit, und zugleich gab es den Schutz von Jeduschins Haus, der Kapelle weiter hinten und dem Gästehaus zur Seite. Und alles war erfüllt von der gewohnten dichten Stille. Jeduschin trat hinzu und schaute, ob auch für ihn noch eine Tasse Kaffee übrig geblieben wäre. Das war nicht so, doch anerbot ich mich gerne, ihm einen frischen Kaffee aufzusetzen, was er erfreut annahm. Und mit dem Kaffee brachte ich etwas Gebäck heraus, und so hatten wir fast schon ein zweites Frühstück. Und dieses diente dann nicht mehr dem Hunger, sondern dem Genuss. Wie wenig es doch braucht, um glücklich zu sein, dachte ich mir.

„Weißt du, dass alles ‚alles‘ ist“, begann Jeduschin ein neues Gespräch, und ich dachte, dass er dabei vielleicht an seine Ausführungen mit Colin anschloss. „Du meinst, es gibt nichts anderes als alles?“ fragte ich nach. So war ja auch meine Stimmung am Steintisch, und mir schien, dass Jeduschin früher mit anderen Worten von Ähnlichem gesprochen hatte, wenngleich vielleicht weniger pointiert. „ ‚Alles‘ ist unbeschreiblich wie ‚Nichts‘,“ nahm er seinen Gedankengang wieder auf. „Alles ist nicht einfach die Totalität aller Erscheinungen – es ist vielmehr die Gesamtheit all dessen, was ist. Wenn der relative Charakter der einzelnen Erscheinungen erkannt wird, kommt ihr grundlegendes Wesen ins Blickfeld. Als Allumfassendes hat es keine Grenzen und kann daher auch nicht anhand von Unterscheidungen definiert werden. Alles ist alles was ist. Es gibt nichts, was außerhalb von ‚alles‘ wäre. Alles ist auch zeitlos, weil es alle Zeiten umfasst.“ – „Das kommt mir vor wie flüssiges Metall, nachdem alle Formen eingeschmolzen sind“, meinte ich daraufhin, „da gibt es nichts Bestimmtes mehr“. – „So ist es nicht“, antwortete mir Jeduschin, „was ‚alles‘ ist, erscheint in vielfältigen Formen. Es ist einfach so: als abgegrenzte Wesen sind wir einzelne Menschen, und unabgegrenzt sind wir alles. Und wir sind beides gleichzeitig. Wir sind nicht nur Individuen, wir sind auch die Welt und das Unbeschreibliche. ‚Alles‘ ist ganz einfach. Es ist einfach ‚dies‘, was stets alles ist.“

So einfach war es also für Jeduschin, aber nicht für mich. Das musste Jeduschin gefühlt haben, denn es schien mir, als wolle er mir mit seinen weiteren Ausführungen zu Hilfe kommen. „Wenn du dich von der Welt als getrennt erfährst, so geschieht dies innerhalb von ‚allem‘. Das, was alles ist, kannst du aber nicht suchen, und es kann auch nicht gefunden werden, da es schon ist. Allerdings kann geschehen, dass du dich nicht mehr als getrennt erfährst – oder noch besser, dass du einfach ‚bist‘. Deine Abgrenzung von der Welt hat es nie wirklich gegeben; sie ist eine Illusion.“ Das erinnerte mich an unsere Gespräche über die ‚Person‘, die es nicht wirklich gibt. – „Ich bin also schon ‚alles‘ – ist es das, was du mir sagen willst?“ fragte ich nach, „und wie komme ich da hin?“ – „ ‚Du‘ kannst nicht dahin kommen“, meinte er daraufhin, „nur die Sicht, dass du dich als getrennt erfährst, kann verschwinden. Und dann wird klar, dass es diese Abgrenzung nie gegeben hat, dass sie eine Illusion war. Die Erlösung ist immer schon da, und sie kann auch nicht anders als zeitlos sein. Du brauchst es nicht zu verstehen. Es ist schon.“

Und wieder bewegte Jeduschin etwas in mir. Es war der Rest meiner Art zu leben, meiner Weltsicht oder meiner Identität, die ins Wanken geriet. Das erlebte ich nicht als angenehm oder befreiend, wie Jeduschin einmal in Aussicht gestellt hatte, sondern es machte mich ratlos. Zwar hatte ich dies auch schon erlebt, aber jetzt war es wiederum anders – stärker. Es löste sich eine Grenze auf, die immer noch bestanden hatte. Ich erinnerte mich dabei, dass ich vor Jahren bei meinem ersten Besuch mit Jeduschin am Meer etwas Ähnliches erlebt hatte. Aber es war punktuell gewesen, und ich hatte es Jeduschins Einfluss zugeschrieben, dass ich dies erlebte. Und nun war es ein umfassendes Geschehen. Es war auch keine ‚Entwicklung‘, denn Entwicklung kann es nur für denjenigen geben, der sich als getrennt erfährt. Es hatte sich einfach etwas geöffnet.

„Es geschieht ein ‚letzter Schritt‘, wenn die Unterscheidungen wegfallen“, erläuterte Jeduschin weiter. „Man kann diesen aber nicht beabsichtigen. Was ist, ist das, was ist – nicht das, was sein soll oder vielleicht später einmal sein würde. Erkenntnis kann nie ‚morgen‘ sein. Sie kann nur das Ganze und die Gegenwart betreffen, und da gibt es keine Wahl. Mit jeder Wahl und auch mit jedem Bemühen sind wir nicht mehr in der Gegenwart und in der Würdigung dessen, was ist.“

Meine Empfindung umfasste nun mehr, als dass ich mich einfach mit der Welt verbunden gefühlt hätte. Es war Ich-und-Welt zusammen. Und darin waren Gefühle mit eingeschlossen. Dazu gehörte auch Mitgefühl. Im Grunde war es nicht ein Mitgefühl mit etwas – mit anderen Menschen oder mit der Welt – sondern es war einfach Welt-Mitgefühl. Was üblicherweise als Mitgefühl bezeichnet wird, war einfach Teil des Ganzen – oder mehr noch: auch dies war das Ganze selbst. Auch dies war ‚alles‘. Es brauchte dafür

79

nichts getan zu werden, sowenig wie für einen achtsamen Umgang mit der Welt. Da war einfach Welt-Mitgefühl-Achtsamkeit. Und so verhielt es sich auch mit der Hingabe und der Dankbarkeit. Auch Hingabe und Dankbarkeit war das Ganze: es was ‚alles‘, und es gab gar nichts anderes. Mitgefühl, Achtsamkeit, Hingabe und Dankbarkeit erschienen mir als eher unzulängliche Begriffe für etwas viel Umfassenderes, das nicht mit Worten beschrieben werden kann. Manche Leute nennen das Umfassende auch Liebe. Das Leben und die Welt als unermessliche grundlose Liebe.

Jeduschin nahm den Gedankengang wieder auf, der nun ebenso seiner wie meiner zu sein schien. „Es gibt ein umfassendes Gewahrsein, und manche denken, dass es eine Unterscheidung gäbe zwischen diesem Gewahrsein und der Hinwendung an einzelne Erscheinungen. Das kann zwar der individuellen Empfindung entsprechen, aber diesen Unterschied gibt es nicht wirklich. Gewahrsein und die Hinwendung ans Einzelne sind dasselbe. Erst wenn die eine Wirklichkeit in Gegensätze getrennt wird, entsteht ein Problem. Das betrifft auch unsere Wirkung auf andere Menschen. Wenn wir nicht ganzheitlich sind, wirken wir auch nicht einheitlich auf andere Menschen. Durch die Vorsätze – auch im besten Willen gefasst – finden wir uns in der Welt des Wählens, und ‚der letzte Schritt‘ ist nicht getan.“ Was Jeduschin mit diesem ‚letzten Schritt‘ genau meinte, konnte ich nur erahnen. Es schien etwas mit dem zu tun zu haben, was ich eben erlebte – mit einem grenzenlosen Dasein. „Der ‚letzte Schritt‘ heißt, nicht zu wählen“, schloss Jeduschin an. Und gleich relativierte er wieder alles: „Natürlich gibt es einen solchen letzten Schritt nicht wirklich. Gäbe es ihn, so bestünde er in der Einsicht, dass es keinen Schritt zu tun gibt, weil ‚alles‘ schon ist."

Inzwischen war es Zeit geworden, das Gras zusammen zu nehmen, und es war gut, mich im Anschluss an dieses Gespräch ganz dieser Aufgabe zu widmen. Und für diese Hingabe war nichts Besonderes zu tun, denn ‚Graszusammennehmen‘ war zugleich Hingabe – so hatte ich es nun von Jeduschin aufgenommen. Ich holte einen großen Rechen mit langem Stil aus dem Geräteschuppen und begann, in langsamen lockeren Bewegungen das Heu zu Mahden zusammenzunehmen. Dabei erinnerte ich mich an Jeduschins Hinweis auf den Atem, in welchem Rhythmus man sich am besten bewegte. Und tatsächlich, das Heu fand wie von alleine zu den Mahden zusammen, und diese türmten sich später zu Heuhaufen. Nach einiger Zeit kam Jeduschin mit einem Wagen dazu und wir luden das Heu auf. Weil Jeduschin kein Vieh hatte, welches das Heu hätte fressen können, gab er es jeweils auf den Bauernhof, wo es im Winter gute Verwendung fand. Ob ich mit ihm zu Barbaras Hof fahren wollte, fragte er mich dann. ‚Also wieder zu Barbara‘, dachte ich mir, und ich wusste nicht, ob ich mich darüber freuen sollte, oder ob ich aus der tiefen Stimmung gerissen würde, in welche ich an diesem Morgen gelangt war. Vielleicht war Barbara aber gar nicht da, und alles würde ganz einfach sein. Und wieder ertappte ich mich dabei, dem Leben nicht seinen reinen Fluss zuzugestehen. Wie leicht mir doch die Einheit des Seins verloren ging, sobald

81

Gefühle ins Spiel kamen. Das hatte ich nun schon mehrmals erlebt und immer noch nicht überwunden. Doch ich tröstete mich, dass auch diese Gefühle zu dem gehörten, was ,alles' ist. Warum sollte ich mir also Sorgen machen? Und so gewann ich die eben verlorene Offenheit wieder.

Jeduschin spannte einen knatternden zweirädrigen Traktor vor den Wagen, und wir setzten uns auf eine Holzplanke, von der aus Jeduschin den Zweiräder steuern und dem Gefährt damit die Richtung geben konnte. Hoffentlich würde es nicht kippen, dachte ich mir, und schaute etwas besorgt auf den recht hoch beladenen Wagen. Bevor wir losfuhren bat Jeduschin aber zum Mittagessen, das auch wohlverdient war.

„Wenn stets alles ist", fragte ich Jeduschin, als wir nach dem Mahl noch am Steintisch saßen, „wie ist es dann mit dem Geist. Kann es diesen in der Einheit allen Seins geben?" – „Nicht als individuellen Geist", meinte Jeduschin daraufhin, „und letztlich auch gar nicht. Auch der Geist ist nichts Separates. Im Grunde ist er nur die Beschreibung einer Qualität, die ebenso ,alles' ist, wie alles andere. Damit ist er auch zeitlos. Er kommt offensichtlich von nirgendwo her und geht nirgendwo hin. Auch ist er nicht individuell, nicht ,mein Geist' und ,dein Geist'. Der Geist ist ebenso wenig individuell wie der Körper. Es gibt zwar viele Ausprägungen des Einen, das ,alles' ist, doch ist die Frage, ob diese betrachtet werden, oder das eine Sein."

Das war mir soweit klar, aber die Zeitlosigkeit im Einen zu sehen, fiel mir noch schwer. Irgendwie schien es mir logisch, dass das Eine, das ,alles' ist, auch zeitlos sein musste, denn in einem Vorher und Nachher gäbe es ja wieder Unterscheidungen. Auch danach fragte ich Jeduschin. „Erscheinungen kommen und vergehen", sagte er dazu, „aber das Sein, das ‚alles' ist, erscheint und vergeht nicht. Weil die Erscheinungen aber zugleich dieses ‚alles' sind, kommen und vergehen sie nur scheinbar." Das klang stimmig, aber zugleich war es mir schwer verständlich. ‚Scheinbar' gab es also Erscheinungen im Zeitablauf, die aber zugleich ungetrennt und als einzelne Erscheinungen nicht ‚wirklich' waren. Das war nun doch recht kompliziert, und ich wollte auch dies noch mit Jeduschin klären – selbst wenn ich mir nicht sicher war, ob ich es je verstehen würde. Und zugleich war ich nach dem Essen müde und hätte mich vor der Fahrt mit dem Heuwagen gerne noch etwas ausgeruht. Das musste Jeduschin gespürt haben, denn er sagte nur: „Lass uns ein andermal weiterreden."

Nach einer Pause mit kurzem Mittagsschlaf setzten wir uns auf den Wagen und holperten gemächlich die Straße hinunter. Diese führte in einem großen Bogen zum Meer und von dort noch ein rechtes Stück weiter bis zum Bauernhof. Der Motor knatterte dabei friedlich vor sich hin, war aber so laut, dass wir uns kaum verständigen konnten. Damit wurde auch das Thema der ‚scheinbaren Erscheinungen' vom Motorenlärm verschluckt und blieb gewissermaßen auf der Strecke. Vielleicht würden wir das Thema später wieder aufnehmen können, dachte ich mir dabei. Am Meer angekommen machten wir einen kurzen Halt und blickten über die Weite des Wassers, das endlos vor uns ausbreitete. Nach einer Weile sagte

Jeduschin: „Viele Menschen glauben, dass sie wie die Wellen eines Tages verschwinden und später in einem neuen Körper wieder erscheinen. Dabei bleibt das Meer immer dasselbe. Und einige meinen, dass es sich mit dem Geist ebenso verhalte. Ihr Geist komme nach dem Tod wieder neu auf die Welt. Alle diese Vorstellungen basieren auf Trennung. Es ist aber alles ungetrennt, wie das Meer. Und wie das Wasser, das durch die Bäche fließt und schließlich im Meer ankommt. Und wie der Wasserdampf, der in den Wolken wieder zu den Bergen getragen wird. Ein ewiger Kreislauf. Und dieser Kreislauf ist ‚alles‘. Wo reines Sein, Geist und Erscheinungen als nicht getrennt erfahren und erkannt werden, da gibt es auch keine Geburt und keinen Tod. Es ist einfach ‚Dies‘. Wer wissen will, woher wir kommen, setzt Zeit und eine räumliche Dimension voraus. Zeit und Raum sind aber keine Erscheinungen wie einzelne Dinge. Nur in einer subjektiven Perspektive gibt es Dinge, die sich im Lauf von Zeit verändern. Man könnte auch sagen, dass ohne eine solche Perspektive alle Zeit bereits existiert.“

Das ‚Ganze‘ war ohne Trennung, und vielleicht brauchten wir nur die Augen zu schließen, um es zu fühlen. Ich sagte aber nichts zu Jeduschin, und bald holperten wir weiter zum Bauernhof. Jeduschin war nicht nur von einem spirituellen, sondern auch von einem praktischen Wesen, und ich bewunderte ihn, wie er den Wagen über die unebene Straße lenken konnte, ohne dass er umkippte. Im Hof empfing uns Barbaras Mann, und ich konnte nicht erkennen, ob er erstaunt war, dass Jeduschin von mir begleitet wurde.

Wohl war er sich gewohnt, dass Jeduschin allein kam, aber er ließ sich nichts anmerken. Gemeinsam hoben wir das Heu auf die Bühne, von wo aus die Futtertröge versorgt wurden. Ob Barbara im Hause war, erfuhr ich nicht, denn wir verabschiedeten uns schon bald wieder. Jeduschin war besorgt, dass wir nicht zu spät zurückkämen, denn der kleine zweirädrige Traktor konnte den Wagen nur langsam wieder den Berg hochziehen. So war es schon bald Abend, als wir zurückkamen, und wir kümmerten uns gemeinsam ums Essen, ohne dass wir die Themen des Tages nochmals aufnahmen. Alles erschien mir rund, und ich genoss die Mahlzeit nach dem in mancher Hinsicht anstrengenden Tag. Nach aller Arbeit, den tiefen Gesprächen und dem Heutransport war es gut zu schweigen, was wir denn auch beide gerne taten. Nachdenklich ging ich nach dem Essen noch zur Kapelle. Ich betrat sie aber nicht, sondern setzte mich einfach auf die Bank neben der Tür. Es war ein Platz von besonderer Geborgenheit, und ich ließ die Eindrücke des Tages wirken, bis auch sie schwiegen, und die Stille des Abends alles einhüllte.

Zu meinem Erstaunen saßen am nächsten Morgen einige ältere Leute am Steintisch. Ich hatte tief und wohl geschlafen, war eher spät aufgestanden und hatte mich auf ein stilles Frühstück gefreut. In Jeduschins Anwesen war es aber nie, wie ich mir vorstellte, was auch damit zu tun hatte, dass er nicht ankündigte, was er am nächsten Tag oder in der nächsten Zeit vorhatte. Er war da oder auch nicht, schlug nur manchmal etwas vor, oder es kamen Gäste, von denen ich nicht wusste, ob das Treffen vereinbart war oder nicht. Jeduschins Art war es nicht, sich im Voraus festzulegen. Er war offen für das, was sich ereignen würde oder was ihm passend erschien. Dabei orientierte er sich auch nicht an den Wünschen anderer und behielt sich stets vor, spontan zu reagieren. Das gab seinen Auftritten eine spezielle Präsenz, wie sie nur wenigen Menschen eigen ist.

Beim gemütlichen Frühstück saßen nebst Jeduschin Mauro, den ich schon kennen gelernt hatte, sowie zwei Frauen, von denen ich die eine nicht auf den ersten Blick als Esmeralda erkannte. Ich hatte sie überhaupt nicht erwartet, da sie nach meiner Einschätzung für längere Zeit abwesend war. In den Jahren seit unseren letzten Begegnungen hatte sie sich auch recht verändert. Sie war gesetzter geworden, und wirkte auf mich auch unauffälliger als das letzte Mal. Zudem trug sie nicht mehr die kecken Kleider wie früher, und sie sprach auch nicht mehr so eindringlich wie damals. Obwohl unsere Begegnungen das letzte Mal meistens kurz waren, fühlte ich mich sehr herausgefordert von ihr, was mir eine gewisse Furcht einflößte. Zugleich hatten wir nach meinem

Eindruck aber auch eine gute Verbindung zueinander. Ich freute mich, sie wieder zu sehen, und wir begrüßten uns wie alte Vertraute. Dabei nahmen wir uns still in die Arme, wie wir es seinerzeit bei meinem Abschied getan hatten, und diesmal schien mir etwas Mütterliches von ihr auszugehen. Nicht nur, weil sie um manche Jahre älter war als ich, sondern weil sie mir besorgter schien um die Menschen und damit auch um mich. Das war aber ein intuitiver Eindruck. Ich wusste nicht, was sich in der Zwischenzeit zugetragen hatte, und was dabei zu ihrer Veränderung beigetragen haben mochte. War es einfach das Alter, oder war da mehr geschehen? Ich fragte, ob ich mich dazu setzen dürfte, was sie mir gerne zugestanden. Offensichtlich war es hier Usus, dass sich die Gäste Jeduschins gegenseitig respektierten. Sie mochten ganz verschiedene Aufgaben erfüllen, unterschiedliche Interessen verfolgen und auch in ungleichen Verhältnissen leben, aber eine tiefe Offenheit dem Leben gegenüber schien ihnen gemeinsam. Woher Esmeralda nun gekommen war, war mir gänzlich unklar, aber für Jeduschin war es offenbar das Normalste der Welt, dass sie wieder hier saß, nachdem sie länger weggewesen war. Ich fühlte aber auch, dass es nicht angebracht war, nach ihren Umständen zu fragen, und vielleicht würde sie später von sich aus etwas dazu sagen.

Die andere Frau war mir unbekannt, und vielleicht stand sie in einer Beziehung zu Mauro. Auch dies wäre aber wohl eine unkonventionelle Verbindung, denn Mauro lebte allein in seiner Waldhütte, und er wirkte mehr als Einsiedler denn Jeduschin.

Aber dies schloss den Kontakt zu anderen Menschen und vielleicht auch eine engere Frauenbeziehung nicht aus. Wie sie zueinander standen, ging mich auch nichts an, und so schwieg ich darüber. Das Persönliche war mir auch nicht wichtig – vielmehr interessierte mich, wie diese Menschen ihr Leben allgemein gestalteten – frei und in Beziehung zugleich. Jeduschin stellte uns mit einer unmerklichen Handbewegung vor und nannte nur unsere Namen „Micha – Nora". Warum es hier überhaupt Namen brauchte, fragte ich mich da, hatte ich derartige Bezüge bei meinem letzten Aufenthalt doch als unwesentlich, ja hinderlich erfahren. An die Namen binden sich mit der Zeit viele Vorstellungen, und ich hatte damals realisiert, dass ich auch ohne Namen und ohne alle diese Bezüge existierte. Und es war eine Existenz in besonderer Weise, viel weiter und grösser, als sie ein Name zu fassen vermöchte. Vielleicht dienten Namen aber einfach der Unterscheidung von Menschen, weil es im Leben ja nicht nur um das große Eine geht, sondern auch um die individuelle Form.

Mauro saß zwischen Nora und Esmeralda und schien sich da durchaus wohl zu fühlen. Jeduschin war auf der anderen Tischseite damit ebenfalls zwischen den Frauen, und ich wusste nicht recht, wo ich mich dazusetzen sollte. Jeduschin rückte dann zu Nora, sodass zwischen ihm und Esmeralda Platz entstand. Also setzte ich mich dorthin, wozu ich aus der Küche einen Stuhl holte. Es war nicht Jeduschins Art, für abwesende Gäste leere Plätze zu schaffen, und um mit den anderen zu frühstücken besorgte ich mir auch einen Teller und Besteck. Esmeralda und ich schauten uns in die Augen, und da gewann ich den Eindruck, dass sie möglicherweise krank gewesen war. Ich fragte aber nicht danach, denn Esmeraldas Offenheit schien mir auch Schutz zu verlangen. Seinerzeit war auch ihr Umgang mit mir trotz ihrer fordernden Art von einer tragenden Sorgfalt begleitet. Sie hatte meine Vorstellungen manchmal sehr direkt attackiert, aber dies diente stets nur meiner eigenen Entwicklung und war nie von negativen Emotionen begleitet. Solche hatte sie wohl ohnehin wenig, denn wie Jeduschin war sie einfach einem aufrichtigen Leben verpflichtet.

Auch wollte ich das Gespräch der anderen nicht unterbrechen, und so saß ich schweigend da und hörte zu. Es ging um das Thema Hoffnung, wozu sie offenbar eine kritische Einstellung hatten. Mauro war jetzt gesprächiger als bei meinem Besuch vor einigen Tagen und meldete sich gerade zu Wort: „Hoffnung richtet sich immer in die Zukunft und geht davon aus, dass das Gegenwärtige nicht genügt und es besser werden könnte. Religionen und geistige Schulen schöpfen daraus. Was dabei in einer Lebensspanne nicht eingelöst werden kann, wird auf die Zeit nach dem physischen Tod verlegt, und dabei gibt es den Tod doch gar nicht". Das war eine klare Ansage von Mauro. Den Tod gab es nicht? Nora nahm den Gesprächsfaden auf, ohne gleich auf die Todesthematik einzugehen: „In Religionen und vielen geistigen Schulen steht eine Heilserwartung im Raum, verbunden mit dem Versprechen, dass das Heil erreicht werden kann, wenn man sich nur den entsprechenden Regeln gemäß verhält. Dabei unterscheiden sich die Regeln in den verschiedenen Kulturen und Institutionen nicht einmal wesentlich voneinander – geht es doch oft einfach um sittliches Verhalten. Wie Mauro sagte, genügt das Gegenwärtige, weil es schon vollständig ist, und es braucht kein Heil in der Zukunft." – „Aber was ist das Heil denn überhaupt?" warf Jeduschin ein, „ein Paradies, ewiger Friede, andauernde Glückseligkeit? Wird das auf Dauer nicht langweilig?"

„Es braucht Mut, sich an keine Hoffnung zu hängen und zu akzeptieren, dass das Heil nicht von irgendwoher kommen kann", ergänzte Esmeralda. Sie schöpfte wohl aus tiefer eigener Erfahrung. Vielleicht hatte sie ihre Hoffnungen verloren, oder sie war schon viel weiter gegangen – an den Ort, wo es keine Hoffnung braucht, weil alles in seinem tiefen Sein und seiner Vollständigkeit erkannt ist. „Wir sind dann ganz auf uns selber gestellt", fuhr sie fort, „und wir brauchen nicht mehr dahin oder dorthin zu gehen, um das zu finden, was uns zu fehlen scheint. Gehen wir nirgendwo mehr hin, dann sind wir nur noch ,da', im Haus, im Garten oder wo auch immer – nichts Besonderes. Und gerade das scheint das Besondere zu sein. Wer ist schon einfach da, präsent im Haus, im Garten oder sonst wo?" Jede Hoffnung ist also eine Täuschung – dachte ich mir. Kann das so sein? Oder ist es sogar zwingend so? Ich fragte aber nichts und hörte einfach weiter zu. Jeduschin wandte sich mir zu und sagte: „Esmeralda hat nicht aus Not oder Enttäuschung ihre Hoffnungen aufgegeben. Sie spricht einfach davon, dass es diese nicht wirklich gibt. Sie meint, dass wir den eigenen Wert genau dann erkennen, wenn wir ihn nicht anderswo vermuten und suchen. Hoffnung lenkt uns von der eigenen Tiefe ab." Nach einer Pause, in der niemand etwas sagte, fügte er an: „Alles ist ‚da' und nicht ‚dort'. In uns ist alles und nicht im Tempel. Entledigt von allem äußeren Heiligen findet sich das Unermessliche, das so viele suchen. Wir brauchen aber nirgendwo hinzugehen, um ‚uns zu finden'. Es ist ja schon da, und wir auch." Diese Thesen Jeduschins blieben unwidersprochen und wurden von den anderen auch nicht ergänzt. Er hatte die Worte ja auch nicht an sie, sondern an mich gerichtet, damit ich besser verstünde, was Esmeralda meinte. Ich fühlte gut, dass stimmte, was Jeduschin sagte, aber es fiel mir nach wie vor schwer, in diesem tiefen Sinne einfach ‚da' zu sein.

„Es hat mit Leben und Tod zu tun", nahm Esmeralda den Faden auf. Hoffnung zu haben, bedeutet nicht wirklich gegenwärtig zu leben. Leben ist immer jetzt, es ist immer Bewegung, und damit ist es zugleich stets auch sterben. Nichts überlebt auch nur eine Sekunde. Genau betrachtet fallen Leben und Sterben sogar in eins zusammen. Und damit gibt es im Grunde weder das eine noch das andere. Es gibt immer nur ‚diesen Augenblick', dieses zeitlose ‚genau so'. Stets ist das Leben ‚genau das', wozu es keine Alternative gibt." – „Der Tod ist eine in die Zukunft gerichtete Erinnerung an frühere Veränderungen", ergänzte Jeduschin. „Man kann nicht sagen, dass es für denjenigen, der physisch aus dieser Welt geht, wirklich einen Tod gibt. Wenn er weg ist, ist er nicht ‚tot', d.h. ein Lebender, der nicht mehr lebt, sondern dann ist einfach das, was ist. Vorher fürchtet er vielleicht den Abschied, weil er sich gewohnt ist, alles in

Zeit und in steter Wandlung wahrzunehmen. Wäre er ganz ‚da‘ dann hätte er diese Befürchtungen nicht." – „Es ist aber nicht leicht, sich von sich selbst zu verabschieden", wandte ich ein, und Esmeralda nickte zustimmend. Offensichtlich hatte sie dies erlebt. Vielleicht war sie nahe am Sterben gewesen, und das Schicksal hatte ihr noch eine Nachspielzeit gegönnt, oder sie war auch wieder geheilt, und ihre Sicht hatte sich mit letzter Konsequenz verändert. Mit einer berührenden Würde saß sie am Steintisch.

„Du kannst dich nicht von dir verabschieden", antwortete Mauro auf meine Bemerkung, „aber vielleicht passiert es, dass in dir etwas stirbt, und dann siehst du, was von dir übrig bleibt." – „Vielleicht nichts?" fragte ich etwas unsicher. „Vielleicht ‚alles‘," sagte Jeduschin dazu, wohl in Anlehnung an das, was wir am Vortag besprochen hatten. Da hatten wir es wieder. Es ging nicht um die Person, und doch saßen wir alle um den Steintisch. Als was saßen wir denn da, wenn nicht als Personen? „Wer sind wir denn, die wir dasitzen?", fragte ich nach. – „Im Grunde sitzt niemand da", sagte Jeduschin dazu, „das weißt du doch." – „Es sieht nur so aus?" wollte ich näher wissen. – „Es sieht so aus, da hast du recht", antwortete Jeduschin, „und es wird auch in gewisser Weise so erlebt. Aber eben nur in gewisser Weise. Es gibt ebenso das Gefühl, dass niemand dasitzt, und dass auch nichts geschieht. Es ist stets beides zusammen." Das war mir nun wiederum vertraut, und darüber hatte ich mich auch schon mit ihm ausgetauscht.

„Die wir da sind und nicht sind – könnten wir zusammen den Abwasch machen?" fragte Jeduschin daraufhin etwas belustigt. Er hatte offenbar genug von dieser Art Gespräch und schätzte auch das real erscheinende Leben sehr. So standen wir auf, alle nahmen ihre Teller und Tassen und brachten sie in die Küche. Alle zusammen konnten aber nicht den Abwasch machen, und so gingen die Älteren wieder nach draußen – und das waren alle außer mir. Also war die Aufgabe offensichtlich mir zugedacht, und ich erfüllte sie auch gerne. Ich war ja weiterhin Gast in diesem Anwesen, und es war das Mindeste, dass ich hin und wieder half – wie etwa vor zwei Tagen beim Mähen. Wir tauschten gewissermaßen Weisheit gegen Arbeit, und das war unseren verschiedenen Lebensaltern angemessen.

Als ich nach dem Abwasch aus der Küche trat, waren Mauro und Nora nicht mehr da. So wie sie plötzlich erschienen waren, verschwanden sie auch wieder. Dazu schaute ich Jeduschin fragend an. Er saß zufrieden neben Esmeralda am Steintisch und sagte nichts dazu. Auch Esmeralda schwieg. Mauro schien sich nicht um gesellschaftliche Konventionen zu kümmern, aber zugleich war er auch von tiefer Weisheit. Ob das zusammenhing? „Braucht es Freiheit von gesellschaftlichen Konventionen, um tiefer zu sehen?" fragte ich Jeduschin. „Nicht in dem Sinne, dass man sich unkonventionell verhalten müsste", antwortete Jeduschin. „Nur darf man sich von den Konventionen nicht beeindrucken lassen. Hast Du nicht mit Colin darüber gesprochen, dass vor allem jene gesellschaftlichen Prägungen einschränkend wirken, über die man sich nicht bewusst ist? Wenn man gar nicht realisiert, dass man solchen Einflüssen ausgesetzt ist? So habt ihr mir doch berichtet." Das stimmte. Nur schien sich Mauro grundsätzlich nicht um Konventionen zu scheren, was mich zugleich beeindruckte und irritierte. „Kann man überhaupt alle derartigen Einflüsse erkennen?" fragte ich dann. – „Kaum – man sieht nur jene, die sich auflösen. Indem du einen Einfluss siehst, hast du ihn zugleich überwunden. Und die anderen Einflüsse bleiben unentdeckt. Jede Gesellschaft basiert auf der Funktion kollektiver Normen, die oft unbewusst sind", meinte Jeduschin weiter. – „Man kann also nur jene Regeln erkennen, an denen man sich stört?" fragte ich weiter. – „So etwa", war Jeduschins kurze Reaktion. – „Und Mauro hat diesbezüglich vieles überwunden?" wollte ich weiter wissen. – „Er kümmert sich einfach nicht darum. Es ist ihm egal. Was er beispielsweise nicht tut, ist sich beim Micha extra zu verabschieden, wenn er geht." Da hatte es Jeduschin mir wieder einmal gesagt. Wie kompliziert meine Überlegungen doch sein konnten! Ich hätte Jeduschin ja direkt fragen können: ‚Sind Mauro und Nora gegangen? Und warum haben sie sich nicht verabschiedet?' „Ich hätte mich gerne noch etwas mir Mauro und Nora unterhalten, und ich bedaure, dass sie nicht mehr hier sind", präzisierte ich daraufhin. – „Du wirst Dein Wunschdenken einfach nicht los", meinte Esmeralda dazu – fast schon in ihrer alten Manier. Da hatte sie mich ertappt, und wieder saß ich in der Falle zwischen dem theoretischen Verstehen, dass alles seinen Lauf nimmt, und meinen Ansprüchen, Wünschen und Verletzlichkeiten. Wirklich offen zu sein, war schwierig, und vielleicht bewunderte ich Mauro gerade deswegen, weil seine innere Freiheit so viel grösser als meine war.

Ich wollte Jeduschin und Esmeralda nicht weiter beanspruchen, denn sie hatten sich wohl lange nicht mehr gesehen, und so zog ich mich dankend zurück. Während nun die anderen in Gesellschaft waren, war ich allein, und es brauchte einen Moment, bis ich mich in diese Situation eingefunden hatte. Dann dachte ich aber, dass es eine wunderbare Gelegenheit wäre, mich diesem Alleinsein voll hinzugeben. Den ganzen Tag könnte ich in einem Zustand des reinen Daseins verbringen. Ohne mich mit irgendwelchen Aktivitäten zu beschäftigen und mich dadurch abzulenken, würde ich da sein, und auch meine Wünsche würden dahinfallen. Langsam schlenderte ich zum kleinen Gästehaus. Der Himmel war bedeckt, sodass mich nichts veranlasste, draußen zu bleiben. Es gab aber auch keinen Grund, nach drinnen zu gehen. Scheinbar kam es einfach nicht darauf an, wo ich jetzt war. Ich hätte auch ans Meer gehen oder sonst etwas unternehmen können – es wäre dasselbe gewesen. ‚Wie oft meint man doch, dass es an einem anderen Ort oder in anderen Lebensumständen besser wäre‘, ging es mir durch den Kopf. Dabei spielte dies überhaupt keine Rolle. Also konnte ich hier bleiben.

In meinem Zimmer legte mich aufs Bett, wo ich ganz ruhig wurde, und ich hörte auch auf zu sinnieren. Was dann geschah, war – nichts. Während andere Leute solche Situationen zur Erholung nutzten, brauchte ich nicht einmal das. Kein Nutzen. Und dabei stieß ich mit der bekannten gesellschaftlichen Norm zusammen: ‚Du sollst deine Zeit nicht vergeuden'. Und genau das tat ich nun, weil es kein Bestreben nach etwas gab. Und es fühlte sich gut an. Nicht, weil ich mich einer Norm widersetzt hätte, sondern weil ihr Wert dahingefallen war. Diese Norm treibt die Menschen im Allgemeinen an, ‚produktiv' zu sein. Das mag einer bestimmten Auffassung von gutem gesellschaftlichem Leben dienen, aber es hatte keinen tatsächlichen Wert. Viele Menschen glauben, aktiv zu sein sei das wahre Leben, und sie kommen kaum jemals zur Ruhe. Aber passiv zu sein ist auch das Leben, dachte ich mir weiter. Dann geht einfach alles langsamer. Man ist einfach da; die Tageszeiten und die Ereignisse der Welt ziehen an einem vorbei. Es gibt keine Gedanken, was zu tun sei, oder dass etwas anders sein sollte, als es ist. Nichts fehlt, und auch andere Menschen fehlen in solcher Präsenz nicht. Die Stille erfüllt sich in solchen Momenten selbst, und darin liegt wahres Ankommen.

Und während ich so dalag, geschah weiterhin nichts. Reine Langeweile wäre das – würden vielleicht manche sagen – aber es war mir nicht langweilig. Vielmehr fühlte ich mich in der Welt voller Aktivitäten etwas verloren. Irgendwie gehörte ich nicht mehr zu den ganz aktiven Menschen. Das war also die Konsequenz, dachte ich: der Verlust der Gesellschaft. Das hieß aber nicht, dass ich daraus ausgeschlossen gewesen wäre. Niemand konnte wirklich ausgeschlossen sein – selbst Mauro in seiner Wald-Einsiedelei nicht. Was immer die Leute über ihn denken mochten, er gehörte dazu. Und so musste es sich mit allem verhalten.

Wie ich aus dem Fenster in die nahen Bäume schaute, fühlte ich, wie schwierig es war, mich mit gar nichts zu beschäftigen. Warum konnte ich nicht ganz wie die Bäume sein, die einfach still wachsen? Derweil hatten sich die Wolken zusammengezogen, und Regen war im Anzug. Auch die Natur war also in ständiger Bewegung, und ebenso gehörte der Wandel auch zur Natürlichkeit des Menschseins. Zugleich genoss ich es, dass in diesen Tagen bei Jeduschin niemand etwas von mir wollte. In meinem sonstigen Leben hatte ich manchmal Mühe, mich gegen all das abzugrenzen, was andere gerne von mir gehabt hätten, und davon war ich befreit. Hier war das Leben aber doppelseitig: im Alleinsein herausfordernd und befreiend zugleich. Das erste Mal in diesen Tagen tat ich wirklich nichts, und das war besonders. Ich setzte mich dann in einen Stuhl und hörte einfach dem Regen zu. Nichts sonst. Und es fiel mir auch nichts mehr ein. Große Leere weit und breit. Dann kam ich auf die Idee, im Regen zu tanzen, wozu ich meine Überkleider ablegte. Mein Tanz war wunderbar und befreiend, und trotz aller Bewegung war da keine Aktivität. Der Tanz führte mich bis zur Kapelle, als gerade ein Regenschwall einsetzte und sich ein Gewitter ankündigte. Pudelnass und wenig bekleidet, wie ich war, setzte ich mich zum Schutz in die Kapelle. Das war für mich eigenartig – eine Art Grenzüberschreitung. Was würde Jeduschin von mir denken, wenn er mich hier so sähe? Und noch schlimmer – wenn jemand anders hier schutzsuchend herein käme? War meine Erscheinung nun ein Sakrileg? Kapellen dienten ja religiösen Bräuchen, auch wenn Jeduschins Kapelle leer und diesbezüglich offen war, und da gehörte es sich, anständig gekleidet zu sein. Für wen eigentlich?

Als der Regen wieder nachließ, kehrte ich ins Gästehaus zurück, ohne dass ich jemandem begegnet war. Colin hatte mit seinen Ausführungen schon recht – so einfach ist es nicht, sich in seiner Natürlichkeit zu zeigen, körperlich und geistig. Im Gästehaus fühlte ich mich wieder sicher, und zugleich realisierte ich, dass sich alles nur in meinem Kopf abgespielt hatte: die Freude am Regentanz, die Überschreitung einer inneren Grenze und die Ängste, dabei gesehen zu werden. Die Grenze war eine vermutete Regel, was man in einer Kapelle tun dürfe und was nicht. Stellte jemand mit Autorität jedoch andere Regeln auf, dann würden sich auch die inneren Grenzen verschieben. So verhielt es sich mit den gesellschaftlichen Regeln. Mauro schien allerdings davon frei zu sein. Möglicherweise hatte er auch einfach weiter gezogene Grenzen als die normale Gesellschaft, und das ließ ihn so frei erscheinen. In einer Hütte im Wald zu leben, war für ihn nicht außerhalb des Möglichen, und auch einen struppigen Bart zu tragen nicht. Würde er Essen zusammenbetteln, so könnte ihn dies zwar zum Außenseiter stempeln, aber auch das würde ihm gleichgültig sein. Im Wald hatte er sich eine Freiheit errungen, die es sonst nicht gibt.

Auch ich hatte meine Rückzüge, und sie verliefen über verschiedene Stufen. Zunächst waren da die langen Wanderungen auf einem Mönchsberg, die ich vor Jahren unternommen hatte, um von manchen Dingen frei zu werden, die mich belasteten. Dann folgte der Weg in die Klause von Jeduschin, wo ich vieles tiefer zu verstehen lernte. Und nun war ich nach Jahren in seine Klause zurückgekommen, um vielleicht das zu erlangen, was als das reine Sein bezeichnet werden könnte. Und gerade gegenwärtig war es mein absichtsloses Dasein im Gästehaus einschließlich des Regentanzes. Darüber hinaus wäre mir auch ein größerer Rückzug aus gesellschaftlichen Verhältnissen denkbar gewesen, wozu auch Lebensbereiche wie Arbeit und Beziehungen gehören konnten. Was dann bleiben würde, wäre wohl ein von Konventionen freies Leben. Natürlich war darin die Rücksichtnahme auf andere Menschen durchaus eingeschlossen. Es musste ja nicht jede Idee umgesetzt werden, auch wenn es gut war, einmal die Grenzen zu spüren, die einem gesetzt sind und die man sich selber setzt. Und da kam mir auch in den Sinn, dass die Jugendlichen seit Generationen revoltieren, weil sie sich mit den Grenzen der Gesellschaft schwer tun. Aber irgendwann werden die meisten Teil der Gesellschaft und ihr Reformwille verfliegt. Oder sie institutionalisieren ihre alternativen Lebensentwürfe, sodass diese ebenfalls ihre ursprüngliche Lebendigkeit verlieren.

Mittags schaute ich in der Küche nach, ob Jeduschin und Esmeralda noch da wären, aber ich konnte niemanden sehen. Inzwischen hatte das Wetter aufgeklart. Die Wolken waren verzogen, und die Sonne wärmte wieder die ganze Landschaft. So entschloss ich mich nach einem leichten Mahl, einen neuen Weg entlang zu wandern, den ich noch nie gegangen war. Er führte mich durch verbuschtes Land, und es war, als würde ich neues Leben entdecken. Sorgfältig ging ich Schritt für Schritt, stets auf die Umgebung achtend, auch auf Geräusche, den Wind, das Wetter. Der Pfad führte in die entgegengesetzte Richtung des Bachs. Als ich nach einer halben Stunde des Weges, der sich mehr und mehr zum Trampelpfad verengte, aus der Ferne Musik und Gelächter hörte, verwunderte mich das sehr. Eine fröhliche Zusammenkunft hätte ich in dieser stillen Umgebung nicht erwartet. Langsam führte mich der Pfad näher, und dann sah ich zwischen den Bäumen hindurch viele Menschen, die rund um ein Feuer versammelt waren. Das Feuer war gut unterhalten und das Holz so trocken, dass es keinerlei Rauch gab. Es waren aber keine Bauern, die hier ihre Nachmittagsrast hielten. Die Situation wirkte auf mich eher wie eine Zusammenkunft auf einem Ritualplatz. Wenngleich Rituale im Allgemeinen dazu dienen, etwas zu bewirken, so hatte ich hier aber einen anderen Eindruck. Es schien mir, als würde etwas gefeiert, als wäre ein rituelles Fest im Gange. Die Menschen hier waren nicht jene aus Jeduschins Gruppe, die ich früher kennengelernt hatte, aber sie wirkten ebenso offen. Möglicherweise war Jeduschins Klause nicht der einzige spirituelle Ort in dieser Gegend. Da gab es ja auch Mauro im Wald, und Esmeralda hatte in der Gegend zumindest früher eine eigene Unterkunft. Und da war auch Barbara im Bauernhof, und Colin war von irgendwoher gekommen. So langsam setzte sich mir ein Bild zusammen, das ich bei meinem ersten Aufenthalt nicht gewonnen hatte. Damals hatte ich nicht bemerkt, dass es noch andere Vereinigungen geben musste, die in der Gegend lebten.

Wie nun mochte aber das Verhältnis der einzelnen Gruppen untereinander sein? War es angebracht, dass ich von Jeduschin her kommend zu dieser Versammlung stieße? Wieder fühlte ich eine innere Grenze, die mich zunächst hinderte, einfach auf diese Menschen zuzugehen und jemanden anzusprechen. Ich wusste ja auch nicht, wer für die Gruppe zuständig war, oder ob alle gleichberechtigt agierten. Andererseits mochte ich aber auch nicht einfach wieder weggehen mit dem Gefühl, etwas verpasst zu haben. Schließlich hatte der Trampelpfad mich an diesen Ort geführt, und so war es wohl auch richtig, dem Geschehen weiter zu folgen. Ich trat also langsam aus den Bäumen und Büschen auf den Platz hinaus und dachte, dass nun alle auf mich starren würden. Aber nichts dergleichen geschah. Die Menschen nahmen keinerlei Notiz von mir und folgten ihrem Ritual, dem ich aber keine Bedeutung zuordnen konnte. Sie hoben die Hände hoch und nieder, sangen zuweilen, bewegten sich dann im Kreis und lachten zeitweilig wieder, wie ich es schon aus der Ferne gehört hatte. Es war nicht das Lachen einer Gesprächsrunde, sondern eher ein befreiendes Lachen.

Nachdem das Ritual zu Ende gekommen war, trat einer der Männer auf mich zu und begrüßte mich freundlich: „Du kommst von Jeduschin – wir haben vor Jahren schon von Dir als dessen Gast gehört, und auch, dass du wieder gekommen bist. Was machst du eigentlich hier?" – „Ich suche nach der Wahrheit", fiel es mir als Antwort gerade so ein. – „Das ist gut", antwortete er, „sage es mir, wenn du sie gefunden hast". Das brachte mich nun in einige Verlegenheit, denn ich hatte durchaus eine Ahnung davon, dass sie nicht zu finden wäre – jedenfalls nicht außerhalb dessen, was unser alltägliches Leben ist. Und dennoch war ich damit noch nicht wirklich klar gekommen. „Und warum lacht ihr so?" fragte ich ihn dann. „Ach, es ist einfach, wenn man den ganzen Irrsinn durchschaut, der uns von der Wahrheit, wie du es nennst, abhält." – „Welcher Irrsinn?" wollte ich da genauer wissen. „Er ist all das, was wir für unsere normale Welt halten", meinte er darauf hin.

„Man nennt mich Micha", stellte ich mich vor, „aber ich weiß nicht, was sich hinter dem Namen verbirgt." – „Das weiß niemand, jedenfalls keiner von uns", antwortete der Mann, der sich Manuel nannte. Er war mittleren Alters, schlank und groß gewachsen. Zu den Männern und Frauen in der Gruppe sagte er dann laut: „Das ist Micha, der Gast von Jeduschin. Er weiß nicht, wer er ist." Das war also meine Einführung in die Gruppe. Vielleicht fast wie ein Passwort? Wer wusste, wer er war, würde jedenfalls nicht so vorgestellt und würde damit wohl auch nicht in den Kreis passen. Die von sich selbst überzeugten Schwätzer hatten hier sicherlich nichts zu suchen. Nicht bei Jeduschin, nicht in dieser Gruppe, und nicht in dieser Gegend, die manchen lichten Geist beheimatete.

Jeduschin hatte aber nie von anderen gleichgesinnten Menschen gesprochen, die hier in der Gegend lebten, und auch Barbara hatte sie niemals erwähnt. Das kam mir merkwürdig vor. Sicherlich waren auch ihr die anderen Gruppen bekannt, aber sie hielt deren Existenz vor mir verborgen. Weshalb nur? Das wollte ich nun herausfinden. „Ich kenne eine Bauernfrau, die ich sehr schätze", sagte ich daraufhin, „sie heißt Barbara und wohnt nahe beim Meer. Wisst ihr, wer sie ist?" – „Sie gehört zu den Menschen mit dem tiefsten Wissen hier in der Gegend", antwortete Manuel, „aber sie lässt es sich nicht anmerken. Wer es nicht spürt, kann sie nicht erkennen. Wir haben hier keine Gruppenleitungen und keine spirituellen Lehrerinnen und Lehrer, aber sie ist wichtig. Alle schätzen sie sehr." – „Und sie lieben sie auch?" fragte ich etwas scheu, weil ich nun realisierte, dass ich vielleicht nicht der einzige war, dem es mit ihr so erging. „Ja natürlich", meinte Manuel, „und sie geht sehr klug damit um."

Das war nun eine völlige Überraschung für mich. die tiefen Geisteskräfte von Barbara hatte ich von Anfang an gespürt, aber wie weit sie gingen, war mir doch entgangen. Und sie war so pfleglich mit mir umgegangen, dass ich mich nie verletzt fühlte und doch stets spürte, dass sie irgendwie unerreichbar war und auf der äußeren Lebensebene nicht ‚gewonnen' werden konnte. Allerdings klärte sich für mich vieles in diesem Moment, und ich wusste nun, dass ich sie wie andere lieben durfte und sie zugleich ganz frei zu lassen hatte. Hier galten wirklich andere Regeln als in der normalen Gesellschaft, oder eben gar keine, weil sich stets alles frei entwickelte, den geistigen Voraussetzungen der Einzelnen gemäß. Dennoch hatten wir uns in den Armen gehalten, und das war für uns beide innig gewesen. Wohl würde sie nicht mit allen so umgehen.

„Auch ihr seid keine Schule?" fragte ich dann. – „Wo denkst du hin", lachte Manuel. „Die Zeit der spirituellen Schulen und der Gurus ist doch längst vorbei. Jede und jeder lernt für sich, ohne etwas Bestimmtes zu wollen. Es ist nur das Zusammensein mit den Menschen von größerer Weite, das sie lehrt. Das Meiste geschieht dabei wortlos." Gerne hätte ich gewusst, wie Jeduschin und Mauro im Kontext dieser ganzen spirituellen Region einzuordnen waren, aber ich fragte nicht danach. Da gab es keine Ränge, und jeder der beteiligten Menschen befand sich einfach an seinem Ort. So passte es auch für mich, bei Jeduschin zu sein. „Und lebt ihr als Gruppe auch zusammen?" fragte ich dann. – „Zum Teil", meinte Manuel, „und nie ganz fest. Alles ist in ständiger Bewegung. Vielleicht besuchst Du uns einmal – ein Teil von uns lebt eine halbe Stunde weg von hier am Waldrand, wenn du in die Richtung weiter gehst, die du schon gelaufen bist." War das eine Einladung? Und was sagten wohl die anderen dazu? Offenbar war es in Ordnung; Manuel musste wissen, was stimmig war. „Gerne", antwortete ich. – „Komm einfach, wenn es dir passt. Es gibt bei uns keinen Zeitplan. Wer da ist, ist da." So einfach war es also bei denen, aber dann dachte ich, dass es auch bei Jeduschin nicht anders war. Nur war sein Anwesen versteckter, und ich hatte ihn bisher keine Leute einladen sehen. Das hieß aber nicht, dass er dies nicht hin und wieder tat. Je länger ich hier war, desto eher hatte ich das Gefühl, nicht zu durchschauen, was hier alles ablief. Ich wollte Manuel und die Gruppe aber nicht weiter in Anspruch nehmen und hielt es für angebracht, mich nun zu verabschie-

den. Sie sollten ja nicht weiter gestört werden, wenngleich ich fühlte, dass sie für alle Lebensereignisse
offen waren.

Bewegt trat ich den Rückweg durch den Trampelpfad an, und ich wusste nicht, worin die Bewegung
eigentlich begründet war. War es das befreite Lachen
der Gruppe, war es Manuel, war es das, was er über
Barbara gesagt hatte? Wohl alles zusammen, dachte
ich mir, und ich verbot mir, weiter darüber nachzu-
denken. In Jeduschins Klause angekommen war es
Abend geworden. Wie ich an der Kapelle vorbei kam,
sah ich ihn dort sitzen, und er sprach mich kurz an:
„Jemand hat mir erzählt, dass platschnasse Männer
hier in der kleinen Kirche verkehren", sagte er lachend zu mir. Also hatte er es doch mitbekommen,
dachte ich, aber ich sagte nichts dazu. Vielmehr erwähnte ich die Gruppe, die ich nachmittags getroffen
hatte, und dass ich den Eindruck hätte, dass ich bisher
gar nicht realisierte, was sich in dieser Gegend alles
zutrug. „Alles zu seiner Zeit", sagte Jeduschin daraufhin, „manchmal besondere Kapellenbesuche, manchmal Gruppentreffen". Der gute Jeduschin konnte es
nicht lassen, mich zu foppen, und so gab ich zu: „Also
gut – ich war der platschnasse Kerl in der Kapelle". –
„Natürlich, wer denn sonst? Außer dir war ja keiner
da", antwortete er weiterhin schmunzelnd. Nicht einmal in seiner Kapelle hatte Jeduschin Grenzen. „Manuel hat mich in seine Gruppe eingeladen", fügte ich
dann noch hinzu, „wie denkst du darüber?" Damit
wollte ich gerne sein Einverständnis für den Besuch
einholen, denn die Beziehung zwischen den Gemeinschaften sollte nicht durch mich gestört werden. „Ich

denke gar nichts darüber", antwortete er umgehend, und ich fühlte zugleich sein Wohlwollen in Bezug auf den Besuch. Offensichtlich kannten und schätzten sich die Menschen der Gemeinschaften untereinander sehr.

Leichten Fußes ging ich zum Gästehaus, und es war mir ein Anliegen, den reichhaltigen Tag still ausklingen zu lassen. So begnügte ich mich mit einem Butterbrot, saß noch einige Zeit vor meiner Klause und legte mich dann bald zu Bett.

Die Begegnung mit der Gruppe am Ritualplatz hatte mich beeindruckt, und gerne wollte ich baldmöglichst wieder mit diesen Menschen zusammenkommen, um mehr von ihnen und von den Bewohnern der ganzen Gegend zu erfahren. Und ich wusste ja auch nicht, wie lange ich noch bei Jeduschin bleiben würde. So machte ich mich schon am folgenden Tag nach dem Frühstück auf den Weg, und ich hoffte, dass sie mich nicht für aufdringlich halten würden, wenn ich schon so bald zu ihnen käme. Der Trampelpfad war trocken, und als ich zum vormaligen Ritualplatz kam, erwies sich dieser als einfache Waldlichtung. Der Zauber war verflogen, wie auch das Feuer niedergebrannt war. So lag es also nicht am Ort, dass der Moment gestern so intensiv gewesen war, sondern vielmehr an den Menschen, welche sich hier trafen. Umso mehr war ich natürlich gespannt, wie die neuerliche Begegnung sein würde, und ich ging bald weiter in die Richtung, die sie mir angegeben hatten. Ihre kleine Siedlung würde am Waldrand liegen, etwa eine halbe Stunde vom Feuerplatz entfernt, so hatte es mir Manuel erklärt. Der Pfad durchs Gebüsch wurde aber zunehmend unwegsam und zeitweilig sah es aus, als verlöre er sich ganz im Dickicht. So ging ich verschiedentlich hin und zurück, ohne einen verlässlichen Weg zu finden, und schließlich dachte ich, dass der Waldrand eine Orientierungsgröße sein könnte. Aber wo genau der Waldrand zu suchen war, zeigte sich mir auch nicht. Nachdem ich lange gelaufen war, ohne die Siedlung zu finden, schien es mir am besten, den Weg vom Feuerplatz aus neu zu suchen. Mit Mühe fand ich ihn wieder, und diesmal nahm ich einen ganz anderen Pfad in der Meinung, dass mich dieser an den besagten Waldrand und zur Gruppe führen würde. Auch das war aber nicht der Fall, und ich glaubte schon, mich ganz verirrt zu haben. Weil es langsam gegen Mittag ging, gab ich mein Unterfangen vorläufig auf und dachte, dass mir Jeduschin wohl sagen könnte, wo diese Menschen genau lebten.

Ermüdet und auch enttäuscht ob der vergeblichen Suche kam ich in Jeduschins Klause an. Etwas Glück hatte ich immerhin – Jeduschin saß am Steintisch und hatte allerlei Gemüse vor sich ausgelegt. Er bereitete wohl das Mittagessen vor, und manchmal kochte er auch gleich für mehrere Mahlzeiten, damit ihm später weniger Arbeit bliebe. Wozu ihm die eingesparte Zeit schließlich dienen könnte, war mir allerdings nicht klar, denn er hatte ja nie etwas Bestimmtes vor und ließ sich von den jeweiligen Erfordernissen und Möglichkeiten leiten. Jeduschin merkte mir meine Laune an und ahnte auch den Grund dafür. „So schnell wolltest du wieder zur Gruppe von Manuel", meinte er etwas spöttisch, „dass es dich richtiggehend verlangsamt hat. Eben hast du dich zurückgezogen und nun wolltest du schon wieder los! Willst du immer noch etwas erreichen?" Das musste ich nun zugeben, denn ich hatte mir von den neuen Begegnungen gute Gespräche und Impulse erhofft. Scheinbar bestand die Lehre des verpassten Pfades darin, mir mehr Zeit zu nehmen und mehr Sorgfalt aufzuwenden. Es könnte auch sein, dass mir Manuel bewusst die Aufgabe gestellt hatte, die kleine Siedlung suchen zu müssen – wenn es sie denn überhaupt gab, dachte ich nun skeptisch. „Wo sind sie denn, die guten Leute?" fragte ich Jeduschin, und er antwortete mir sogleich: „Nicht dort, wo du denkst." War das eine Finte? So verunsichert war ich schon, dass ich auch Jeduschin nicht mehr richtig traute. „Manuel sagte, dass sie am Waldrand liege", präzisierte ich daraufhin. – „Es gibt hier Waldränder zuhauf, wie willst du den richtigen finden?" – „Manuel hat mir die Richtung angegeben", ergänzte ich. – „Das wird wohl stimmen", meinte Jeduschin daraufhin, „aber eine geringfügig falsche Ausrichtung macht nach einer halben Wegstunde einen großen Unterscheid." Jeduschin war mir wirklich keine Hilfe. Oder war gerade dies seine Lektion? Ich wollte es nochmals wissen und fragte ihn direkt: „Kannst du mir nicht einfach den Weg erklären?". – „Das ist schwierig bei den vielen Pfaden und Kreuzungen. Am besten suchst du nochmals weiter", war seine Antwort, und er warf mich damit auf mich selber zurück. Also lag es an mir, die Gemeinschaft zu finden. Vielleicht sollte ich einfach meinen Empfindungen folgen, dachte ich dann, und mich weder um Richtung noch um Waldränder kümmern? War es im Leben nicht auch so, dass man am schnellsten vorankommt, wenn man nicht sucht?

Jeduschin ließ mich am eben bereiteten Mittagessen teilhaben, und gestärkt machte ich mich alsbald nochmals auf den Weg. Ich folgte dem Trampelpfad bis zum Feuerplatz, ging dann links und rechts, geradeaus, und wieder in verschiedene Richtungen – dabei aber ganz allgemein der von Manuel angegebenen Orientierungslinie folgend. Bei jeder Abzweigung, von denen es auf den kleinen Pfaden viele gab, folgte ich meinem Gefühl. ‚Der Weg ist das Ziel‘, dachte ich mit Bezug auf das bekannte Sprichwort, aber genau genommen gab es gar kein Ziel mehr, nur noch den Weg. Was immer sich ereignen würde, wäre das Geschehen meines heutigen Tages, und es konnte ja auch etwas ganz anderes passieren, als dass ich zu Manuels kleiner Siedlung käme. Etwas beschämt musste ich mir eingestehen, dass ich am Vormittag meine Offenheit verloren hatte, aber immerhin war ich jetzt in guter Weise unterwegs.

Als ich es nicht mehr erwartet hatte, öffneten sich Gebüsch und Bäume plötzlich auf eine große Wiese hin, und nicht viel weiter sah ich zur Seite einige Holzbauten, die vielleicht das Zuhause jener Menschen war, die ich am Ritualplatz getroffen hatte. Ich trat näher, und tatsächlich waren da einige der Frauen und Männer, die ich getroffen hatte. Und es rannten auch Kinder herum, die am Vortag nicht dabei gewesen waren. Es gab also auch Familien, und das Leben entwickelte sich anscheinend wie überall. Nur dass auch hier jene spezielle Atmosphäre herrschte, die mich schon am Vortag berührt hatte. Es war, als läge eine spezielle Schwingung über den kleinen Häusern, oder ein Zauber in allem. Dabei war ich sicher, dass diese Menschen keine besseren Menschen waren als alle anderen auch. Und doch unterschieden sie sich in etwas. Eine Frau, die ich am Ritualplatz nicht gesehen hatte, begrüßte mich freundlich und wollte gerne wissen, wer ich sei und was ich suchte. Ganz natürlich berichtete ich, dass ich von Manuel eingeladen worden war, ihn und die kleine Kommunität zu besuchen. Ich hätte einige Leute der Gemeinschaft am Vortag getroffen, als sie ums Feuer gesessen waren, und sei mit Manuel ins Gespräch gekommen. „Dann bist du der Gast von Jeduschin", antwortete sie daraufhin, was sich offenbar schon herumgesprochen hatte. – „So ist es, und ich habe gehört, dass es in der Gegend einige Gemeinschaften gibt, die ähnlich ausgerichtet sind wie er", meinte ich dazu, und sie antwortete: „Weißt du, es haben sich in dieser Gegend einfach Menschen zusammengefunden, welche die Welt etwas anders sehen als die meisten. So nach und nach hat sich dies herumgesprochen, und es kamen immer mal wieder neue Leute. Die einen suchten einen Lehrer oder eine Lehrerin, und andere hatten schon erkannt, dass es so etwas nicht gibt und alles nur im eigenen Inneren zu finden ist. Es ist aber schön, die Vielfalt der Erfahrungswelten mit anderen zu teilen."

„Und lebt ihr hier in einer besonderen Weise zusammen?" wollte ich dann wissen. „Nein", antwortete sie, „wir führen kein soziales Experiment durch, und wir sind auch nicht ein Modell für künftige Lebensformen. Wir sind einfach hier, nichts sonst." – „Und wie geht es denn so zusammen?" wollte ich weiter wissen. – „Es geht wie überall. Nichts Besonderes. Es gibt Schönes und Schwieriges, und das Zusammenleben ist nicht immer einfach. Der einzige Unterschied zum Wohnen in Dörfern und Städten liegt vielleicht darin, dass wir nicht andere Menschen für unsere Lebensumstände verantwortlich machen. Es gibt daher innerhalb der Gemeinschaft auch keine Anschuldigungen. Alle wissen – spätestens nachdem sie längere Zeit hier sind – dass sie sich in etwas befinden, was man den ‚eigenen Geist' nennen könnte." – „Den eigenen Geist?" fragte ich nach. – „Es ist kein persönlicher Geist, nicht ein eigenständiger Geist. Und es ist auch nicht einer, der jemandem gehört. Es ist einfach die individuelle Lebenswahrnehmung, die jedem Menschen eigen ist, und alle wissen darum." In kurzer Zeit waren wir schon in ein tiefes Gespräch gekommen, und ich hätte gerne noch viel mehr erfahren über die Lebensweise von Menschen, die gemeinsam lebten und sich doch der je eigenen Welt bewusst waren. Ich wollte die Frau aber nicht weiter ausfragen, und sie wies mich darauf hin, dass sie sich abends in einer kleinen Gruppe treffen würden. Sie würden da ohne Programm über die verschiedensten Dinge sprechen, aber eigentlich ginge es dabei auch um ‚nichts', sagte sie mir dazu. Sie hieß Klara, und der Name schien zu ihr zu passen – so klar wie sie sich ausdrückte.

Es schien nicht so oft der Fall zu sein, dass unbekannter Besuch hierher kam, und ich hatte den Eindruck, dass sich die Bewohner der kleinen Siedlung freuten, ein neues Gesicht zu sehen. Von einigen weiteren wurde ich herzlich begrüßt und willkommen geheißen – fast schon, also würde ich bei ihnen wohnen bleiben wollen. Klara und ihre Freundin Olga luden mich dann zum Nachtessen ein, und sie bereiteten mir auch gleich ein Bett für die Nacht, denn sie hatten mich gerne abends in ihrer Gesprächsgruppe dabei. So blieb ich also und schaute mich vorerst etwas zwischen den Häusern um, die teilweise mit Blumen geschmückt waren. Auf den Treppenstufen einiger Häuser gab es zudem Kräutertöpfe, welche die Eingänge belebten. Alles wirkte gepflegt, doch zugleich hatte auch die Natur ihren Raum, etwa am

Wegrand oder zwischen den Steinen der holperigen Wege. Vor einem der Häuser sah ich Manuel sitzen. Wir begrüßten uns wie alte Freunde, und ich erzählte ihm von der morgendlichen Suche nach der kleinen Siedlung. Da lachte er laut und sagte: „Jeder begegnet hier sich selbst. Warum solltest du es besser haben?" Es war mir dabei nicht klar, ob er mich mit den unklaren Wegangaben nun absichtlich herausgefordert hatte, doch dachte ich dann, dass solche Intentionen wohl nicht zu seiner Lebensart gehören würden. Und es war ja auch schwierig, eine klare Wegbeschreibung zu geben. „Nicht alle finden den Weg hierher", sagte Manuel dann, „nur jene, die fühlen können, wo es lang geht." Und er ergänzte noch: „auf dem Pfad und im Leben." Das hatte ich mir doch gedacht, und es entsprach auch der Einstellung von Jeduschin, die ich nun schon recht gut kannte. Es war dabei aber nicht so, dass ich es von ihm gelernt hätte, sondern diese Haltung wuchs einfach mit meiner neuen Offenheit. „Klara und Olga haben mich zum Nachtessen und abends zu einem Gespräch in einer kleinen Gruppe eingeladen. Bist du auch dabei?" fragte ich dann. „Die Gespräche, wo es um ‚nichts' geht", bestätigte er, „wenn du möchtest, komme ich." Für Manuel war das offenbar nichts Neues, und vielleicht kannte er die Ideen der anderen auch schon recht gut. „Die Teilnehmenden folgen dort einfach absichtslos ihren Eingebungen", erklärte er mir dann, „aber manchmal ahnt man doch schon, was von den Einzelnen kommt. Allerdings sind die Verknüpfungen immer wieder neu, und gelegentlich geschieht Unerwartetes." – „In früheren Zeiten gab es Gruppen, die sich in sogenannter

Selbsterfahrung übten. Aber das scheint es nicht zu sein", warf ich ein. – „Es ist etwas anders", führte Manuel daraufhin aus. „Es gibt kein Selbst, das erfahren werden kann. Früher haben sich die Menschen damit ihre Selbstbilder geschaffen. Aber das waren nur Konstrukte. Wo kein Selbst ist, kann auch nichts aktiv gestaltet werden. Bei uns sucht auch niemand eine Erfahrung." – „Was machen die Leute in der Gruppe dann?" wollte ich daraufhin wissen. – „Sie machen nichts, und sie suchen nichts. Es passiert einfach das, was geschieht. Niemand macht es." Über solche Themen hatte ich schon mit Barbara gesprochen, und ich fühlte den gemeinsamen Geist all dieser Menschen in der Gegend.

„Wie verstehst du die Sache mit dem Geist", fragte ich dann weiter. „Wie du sagst, gibt es kein Selbst, also keinen persönlichen Geist, und doch gibt es die individuelle Wahrnehmung von etwas Unfassbarem, das uns alle umgibt und das wir sind. Wenn Menschen in diesem Bewusstsein zusammen sind – verbindet sich dann etwas, und wenn ja was?" – „Das kann nicht beschrieben werden", antwortete mir Manuel. „Es ist, als ob ein gemeinsames Sein bestehen würde, das sich in individuellen Formen ausdrückt, und alle sind sich dessen bewusst. Und zugleich kann niemand wissen, was andere tatsächlich wahrnehmen. So ist es möglich, dass das Gemeinsame wiederum eine Fiktion ist. Wie gesagt – niemand kann es wissen." Ich hatte mich mit den Fragen des Geistes ja schon beschäftigt. Was Manuel sagte, war von schöner Klarheit und dabei auch nicht sehr verschieden von dem, womit ich bei Jeduschin und Esmeralda konfrontiert war. Es kam mir fast schon vor, als würden alle vom selben reden, wobei ich nach wie vor nicht wirklich alles verstehen konnte.

„Klara und Olga warten sicher mit dem Nachtessen auf dich", sagte Manuel dann, und ich war nicht unglücklich darüber, das Thema für den Moment lassen zu können. Vielleicht kämen wir ja am Abend nochmals darauf zu sprechen, dachte ich mir – mit dem Risiko allerdings, dass ich es auch dann nicht verstehen würde. Doch Manuel hatte gesagt, dass man es gar nicht verstehen könne, und das beruhigte mich. Gerne ging ich zu Klaras Haus, wo das Nachtessen schon in der Küche dampfte. Die Frauen machten das anders als Jeduschin mit seinen einfachen Mahlzeiten, und es war wunderbar, für einmal ein richtig vielfältig gekochtes Essen genießen zu können. Und ich dachte, dass Jeduschin mich auch nicht vermissen würde, denn er wusste ja vom morgendlichen Austausch her, wohin ich ging. Da ich nicht wieder zurückkam, konnte er annehmen, dass ich die kleine Siedlung gefunden hatte, und er würde sich nicht um mich sorgen. Klara und Olgas Küche war wirklich ausgezeichnet, und ich war froh, Klara gleich zu Beginn dieses Aufenthaltes begegnet zu sein. Sie schien mir schon fast wie die Gastmutter eines Frauenklosters, nur dass es in der Gemeinschaft auch Männer gab. Unsere Teller waren mit gebackenen Kartoffelkugeln und vielerlei verschiedenem Gemüse gefüllt, alles wunderbar gewürzt, und dazu gab es gemischten Salat. Die beiden Frauen standen wie ein Herz und eine Seele in der Küche, und entsprechend harmonisch verlief auch das Essen, das ich sehr genoss. Danach wollte ich gerne wissen, von was die Menschen in der Siedlung lebten. Dazu erklärten sie, dass manche einer auswärtigen Arbeit nachgingen, um die notwendigen Ausgaben decken zu können, während andere vor Ort zum Rechten schauten und die ganze Anlage pflegten. So war es auch bei Klara und Olga, die den verschiedenen Tätigkeiten aber abwechselnd nachgingen.

Nach dem Essen trafen sich nun einige zum besagten Abendgespräch, und auch Manuel war meinetwegen gekommen. Es gab in der Anlage einen Gemeinschaftsraum – nicht groß, aber mit vielen Kissen versehen, sodass sich auch zahlreiche Menschen hier treffen konnten. Sie hatten darin verschiedene Arten von Zusammenkünften: sowohl organisatorisch orientierte wie auch spirituell ausgerichtete Veranstaltungen. An diesem Abend waren acht Personen anwesend – nicht sehr viele, was das Gespräch eher erleichterte. Manuel stellte mich diesem Kreis kurz vor, wobei ich einige der Anwesenden auf dem Ritualplatz schon gesehen hatte, allerdings ohne mit ihnen zu sprechen. Als Gast der Gruppe sagte ich zu Beginn ein paar Worte über meinen Aufenthalt bei Jeduschin und zu einigen Erlebnissen dort, sodass sie mich etwas einschätzen konnten. Nötig gewesen wäre es aber wohl nicht – sie konnten mich ja fühlen. „Hier geht es also um ‚Nichts‘,“ nahm ich dann das Thema der Versammlung auf. „Wie kann man über ‚nichts‘ sprechen?“ – „Das geschieht einfach“, sagte einer der Teilnehmenden, „das ‚Nichts‘ ist immer dabei, wenn wir uns unterhalten. Sogar dann, wenn wir technische Angelegenheiten der Siedlung besprechen.“ – „Ich kann es dir etwas erklären“, äußerte sich dann ein anderer. „Es ist kein Nihilismus, um den es hier geht. Es ist einfach so, dass wir in diesen Zusammenkünften kein bestimmtes Gesprächsthema haben, und wenn die Stimmung dicht wird, fühlen wir die unergründliche Basis allen Seins." Das erinnerte mich an die ‚Stille hinter der Stille' und den lautlosen Gesamtklang nach einem Konzert, wobei im besten Fall beides auch während der Aktivitäten wahrgenommen werden konnte. – Dies wahrzunehmen, ist eine Frage der tiefen Aufmerksamkeit", erwiderte ich daraufhin. Was dann gesehen wird, nennt Jeduschin ‚alles'. ‚Nichts' oder ‚alles', scheint dabei dasselbe zu sein. Man kann es nennen, wie man will, und an manchen Orten wird es als göttlich verehrt." – „Wenn man es spürt und doch nicht im eigenen Innern erkennt, baut man dafür einen Altar", sagte Olga dazu. „Wir haben aber keinen in unserem Haus." – „Es gibt bei Euch auch keine Kapelle wie bei Jeduschin?" fragte ich dann. – „Nein", sagte Manuel, „aber wir schätzen Jeduschins Kapelle sehr. Sie ist ja auch leer, gerade wie das Nichts'." – „Und sie gibt prima Unterschlupf bei einem Gewitter", ergänzte ich.

„Vertraust du?" fragte darauf eine der anderen Frauen recht unvermittelt. – „In einen Schutz, meinst du das?" fragte ich nach. – „Ja zum Beispiel, aber auch ganz grundsätzlich", präzisierte sie ihre Frage. Mir war dabei nicht klar, ob sie gerne meine Haltung erfahren hätte, ob sie für sich etwas klären wollte oder ob es eher eine Frage war, um mich zu prüfen. Aber das war wohl zuviel der Überlegung. „Vertrauen ist stets Vertrauen in etwas", antwortete ich daraufhin, „aber es geht ja nicht um etwas, sondern um ‚nichts' oder ‚alles'. Das was ‚alles' ist, braucht kein Vertrauen, weil es ja schon alles ist. Nun will ich damit nicht sagen, dass ich ‚alles' bin, jedenfalls nicht im Sinne von ‚alle Dinge', ‚alle Einsichten', ‚alles von Vielem'. Es geht um das ‚Eine', das alles ist, und das Eine braucht nicht in sich selbst zu vertrauen, weil es außer ihm nichts anderes gibt. Vertrauen setzt stets zwei voraus, also eine Trennung. Zum Beispiel die Trennung von zwei Menschen, wo der eine dem anderen vertraut, oder die Trennung eines Menschen von etwas Tieferem, an das er glaubt. Wir sind aber selbst dieses Tiefe, und in was man ist, braucht es kein Vertrauen. Wer Vertrauen ins Leben braucht oder hat, ist mit sich selbst nicht eins. So sehe ich das."

Die Frau schien von meinen Ausführungen befriedigt zu sein, und ich fragte dann meinerseits nach: „Und wie ist es in Eurer Gemeinschaft, braucht es da kein Vertrauen in die anderen, damit es funktioniert?" Darauf antwortete Manuel: „Wenn wir uns als getrennte Menschen wahrnehmen, dann vertrauen wir einander schon in einem gewissen Masse. Wir wissen aber auch, dass wir letztlich nicht getrennt, sondern alle das ‚Eine' sind. Wir lassen der Entwicklung des Lebens deshalb allen Raum, und ins Leben müssen wir nicht vertrauen, weil wir ja selbst das Leben sind. Wie du sagst: wer Vertrauen ins Leben braucht, ist mit sich selbst nicht eins." – „Und wie ist es, wenn es Euch nicht gut geht", fragte ich weiter. Diesmal antwortete Olga: „Nicht-gut-gehen ist das Leben selbst. Sogar sterben ist nichts anderes. Brauchst du Vertrauen ins Sterben, oder stirbst du einfach, wenn es Zeit ist dazu?" So forderte Olga mich heraus. – „Wie

gesagt, so etwas wie Vertrauen gibt es nicht wirklich",
antworte ich darauf. Nicht um ihr auszuweichen, sondern weil es die Quintessenz dessen war, was ich als
‚Einheit' verstand, und auch diejenige dessen, was wir
bisher besprochen hatten. Das unterstützte ein Mann
aus der Gruppe, der sich bisher noch nicht zu Wort
gemeldet hatte: „In der Einheit, gibt es viele Dinge
nicht, für die wir Begriffe haben. Sie dienen der Präzi-
sierung von Trennung, von Dingen und Situationen,
die voneinander abgegrenzt werden." – „Und lebt ihr
in der Einheit?" nahm ich den Faden auf. – „Es ist
beides", sagte Manuel dazu, „wir nehmen uns als unterschiedliche Wesen wahr und zugleich sehen wir die
Einheit von uns allen. Und auch in der Natur, einschließlich aller Lebewesen. Es gibt die Trennung
nicht wirklich, aber es sieht so aus, als wären wir getrennt. Nur scheinbar sind wir es." Über solche Dinge
hatte ich auch mit Barbara gesprochen, als es um ‚jemanden' ging, der zugleich ‚niemand' ist. „Es gibt
keine Personen", stimmte ich Manuel zu, „nur scheinbar."

Diesbezüglich beschäftigte mich noch ein speziel-
les Thema: dasjenige von ‚weiblich und männlich'.
Und so fragte ich: „Ihr seid Männer und Frauen in
dieser Siedlung, und auch Kinder habe ich gesehen.
Gerne würde ich wissen, wie ihr die Unterschiede
wahrnehmt. Ist jetzt da Einheit, oder sind es zwei
Geschlechter?" – „Beides", sagte eine Frau, die sich als
Manuels Partnerin zu erkennen gab. „Die große
Schwierigkeit ist, mit dieser Doppelnatur des Daseins
umzugehen. Wir sind ungetrennt und nehmen uns
zugleich auch als getrennte Wesen und Geschlechter

wahr. Das Besondere ist dabei, dass wir nie wissen, wer der oder die andere ist." Darauf hatte schon Manuel hingewiesen, und ich konnte dem gut zustimmen, denn es deckte sich auch mit meinen früheren Erkenntnissen. „So sehe ich das auch", antwortete ich daraufhin. „Weil ich niemals in einem weiblichen Körper war, habe ich aber keine Ahnung, wie Frauen die Welt erleben. Aus ihren Schilderungen kann ich zwar einiges vermuten, aber wie es sich wirklich anfühlt, ist mir nicht zugänglich. Selbst wie ein anderer Mann die Welt erlebt, kann ich nicht wissen. Jeder und jede lebt schließlich in einer eigenen Welt. Es sieht dabei aus, dass sich diese Welten teilweise decken, aber auch das wissen wir nicht abschließend. Es ist sogar möglich, dass ich einen Traum wahrnehme, in welchem ihr erscheint." – „Wie wirklich oder nicht wirklich die anderen Menschen und damit auch wir selbst sind, können wir nie wissen", pflichtete mir Manuel bei, „man kann nicht beweisen, dass dieses Leben nicht ein Traum ist." Das hatte ich früher schon verstanden, und ich war damals zum Schluss gekommen, dass es auch nicht wesentlich war, wie wir unsere Wahrnehmung interpretieren und damit auch das Leben und die Welt.

Im Raum breitete sich eine dichte Stimmung aus, von der ich wiederum nicht wusste, ob es nun diejenige aller oder nur meine war, aber auch das war unerheblich. Es war einfach ein unfassbares Dasein, das sich zeigte. Und es gab auch nichts weiter zu sagen. Was ,nichts' oder ,alles' war, war hier. Nach längerem gemeinsamem Schweigen gingen wir still auseinander, als wollten wir alle die dichte Stimmung mit uns nach Hause und in die Nacht nehmen. Gegenseitig dankend nickten wir uns zu, und ich folgte Klara und Olga in deren Haus, wo mein Nachtlager ja schon bereitet war.

Klara und Olga waren wunderbare Gastgeberinnen. Sie hatten mir nicht nur ein herrliches Abendessen und anregende Gespräche geschenkt, sondern auch ein sanftes Ruhekissen für die Nacht. Wie konnte ich mich dafür nur erkenntlich zeigen? Ich wusste es nicht, dachte aber, dass es bestimmt eine Gelegenheit geben würde, das nachzuholen. Auch war mir klar, dass es im Geben und Nehmen nicht immer um einen Austausch unter den gleichen Menschen geht – vielleicht würde ich auch jemand anderem etwas schenken können. Es verhält sich damit wie mit Kindern, welche die Gaben ihrer Eltern nicht an diese zurückgeben können, sondern an die nächste Generation weitergeben. So überträgt sich vieles in einem weiten Feld – sei es nun in den Familien oder auch in und zwischen Gemeinschaften.

Nach einem Frühstück, das an Qualität und Vielfalt nicht hinter dem Nachtessen zurückstand, machte ich mich bald auf den Rückweg. Beim Abschied hatten wir drei das Gefühl, dass wir uns bald wiedersehen würden, aber ohne die genauen Umstände zu kennen. Das würde sich erst noch weisen. So war der Abschied ein gegenseitiges ‚Auf-Wiedersehen', und ich dankte beiden sehr für Ihre Gastfreundschaft. Dass wir uns gut verstanden, hatte für ihre Offenheit wohl auch eine Rolle gespielt. Ich beschloss, zu Jeduschins Anwesen nicht wieder einen direkten Weg durchs Dickicht zu suchen, sondern dem Fahrweg auf die Anhöhe zu folgen, der nicht weit von der Siedlung am Waldrand vorbeiführte. Noch ganz beschwingt von der gastfreundlichen Atmosphäre stieg ich den Berg hinan, und ich war sehr offen dafür, was kommen würde. Diesen Weg war ich ja noch nie gegangen. Die kleine Straße führte über manche Kurve nach oben, und meine Haltung war ähnlich derjenigen vor Jahren, als ich einfach meinen Weg gegangen war und dabei unversehens das Anwesen von Jeduschin entdeckte. Schon bald auf der Anhöhe angekommen fiel mein Blick durch den lichten Wald auf ein Ziegeldach, das sich zwischen den Blättern zu verstecken schien. Es waren ehemals rote Ziegel, die teilweise von Moos überzogen waren, und das Dach zeigte sich daher unauffällig in einem rot-grünen Farbenmix. Wie damals, als ich die Klause von Jeduschin weiß zwischen den Bäumen leuchten sah, war ich gespannt, was sich hinter diesem ersten Eindruck verbergen würde, und ich wandte mich dem Gebäude zu. Der Zugang war nicht ganz leicht zu finden, weil er verwachsen war, und als ich näher trat, sah ich, dass das Haus offenbar schon seit einiger Zeit nicht mehr bewohnt war. Die Fensterläden waren geschlossen, die Tür verriegelt, und altes Laub lag rund ums Haus – als hätte jemand das Haus im Sommer verlassen, um im nächsten Jahr wieder zu kommen. Ich setzte mich auf die Treppenstufen vor der Eingangstür, und da überkam mich unerwartet ein Gefühl von Beheimatung. Es war mir, als würde ich das Haus kennen, obwohl ich noch niemals da gewesen war. Es war mit groben Steinen gebaut, solide und ansehnlich. Die Fensterläden waren in ihrem unauffällig dunkelroten Farbton den Ziegeln ähnlich. Offenbar waren sie vor nicht allzu langer Zeit gestrichen worden, denn nichts von der Farbe war abgeblättert. Es bestand überhaupt ein eigenartiger Gegensatz zwischen der wilden Natur rund um das Haus und dem geordneten Eindruck, den das Haus selbst hinterließ. Auf der einen Seite des Hauses war eine kleine Terrasse angebracht, zu der eine Ladentür führte. Vielleicht lag die Küche dahinter, dachte ich, und es wäre schön, draußen zu essen. So vertraut schon war mir das Haus, dass ich mich am liebsten auf die Terrasse gesetzt hätte, nur Tisch und Stühle fehlten dazu. Ich war erstaunt, wie meine inneren Bilder die Realität belebten, sodass ich beides kaum mehr voneinander unterscheiden konnte. War nun das unbewohnte Haus wirklich, oder waren meine inneren Bilder die Wirklichkeit? Wie leicht sich doch Außen- und Innenwelt verbinden konnten, dachte ich mir dabei, denn meine Gefühle schienen mir ebenso real wie die konkrete Umgebung. Ich blieb noch eine längere Weile beim Haus, ging mehrmals rund herum und schaute mir alles an. Und das Gefühl der Beheimatung verlor sich nicht.

Schließlich trennte ich mich von diesem Ort, und ich merkte mir dessen Lage am Hang des Hügelzuges, der dem tief darunter liegenden Meer zu folgen schien. In Manuels Siedlung war ich Menschen begegnet, die mir in kurzer Zeit vertraut geworden waren, und nun geschah mir dasselbe mit dem einfachen Steinhaus, dem ich zufällig begegnet war, und das ich im Dickicht leicht hätte übersehen können. Und ich fragte mich, was sich hier abzeichnete – dem Gast, der auf einer ziellosen Wanderung in diese Gegend gekommen war, der zufällig Jeduschin getroffen hatte, von dem er tiefe Eindrücke empfing, und der nun erfahren hatte, dass es hier noch weitere Menschen gab, die in Offenheit dem Leben zugewandt waren.

Man könnte einer solchen Entwicklung ja leicht einen geheimen Schicksalsweg unterstellen, aber so etwas war mir mittlerweile zu konstruiert.

Nachdem ich nochmals zum Haus zurück geschaut hatte, machte ich mich auf den Weg in die Richtung von Jeduschins Anwesen. Die kleine Straße wand sich nach einer längeren geraden Wegstrecke wieder nach unten, und die Richtung schien zu stimmen. Meine Gefühle blieben aber noch beim Steinhaus. Es war mir so vertraut, dass ich dachte, dort vielleicht einmal zu Gast sein. Mit seinen einfachen vier Wänden und dem Giebeldach hatte es mich sehr angesprochen. Als ich schließlich bei Jeduschin ankam, war es schon Mittag geworden – so lange hatte ich mich bei diesem Haus aufgehalten. Esmeralda war wieder hier, in ihrer neuen Art, wie ich sie nach den vielen Jahren kennen gelernt hatte, aber Jeduschin war nicht dabei. Nachdem sie mich nicht mehr wie früher herausforderte, fühlte ich mich ihr näher, und wir begrüßten uns innig. Es entstand ein warmer Kontakt zwischen uns, und nach meinem Eindruck würdigten wir uns nun gegenseitig. Sie hatte ja auch einiges von meinen Wegen, inneren Kämpfen und Erfahrungen mitbekommen, und vielleicht anerkannte sie mich etwas mehr als früher, als ich ihr noch als Jungspund erschienen sein musste. Gerne erzählte ich ihr auf ihre Frage hin von meinem Besuch in Manuels Siedlung, und von Klaras und Olgas Gastfreundschaft. „Es ist eine wunderbare Gemeinschaft, auf die du da gestoßen bist", sagte sie bloß dazu. Nach den Begegnungen am Ritualplatz und meinem folgenden Besuch war es mir nun aber doch eine Frage, weshalb mir niemand davon erzählt hatte, dass in der Gegend noch andere Menschen offenen Geistes lebten, und ich fragte nun Esmeralda danach. „Weißt du, im Allgemeinen berichten wir nur von dem, wonach gefragt wird. Wir erzählen keine Geschichten. Und es ist auch die Angelegenheit von jedem, selber zu entdecken, was es hier und mit der Welt grundsätzlich auf sich hat. Zur richtigen Zeit stößt man auf die richtigen Dinge." – „Auf dem Rückweg bin ich an einem unbewohnten Steinhaus vorbei gekommen, das unter der Anhöhe am Hang versteckt zwischen den Bäumen liegt. Man sieht es viel weniger als Jeduschins weiße Klause, aber zufällig streifte mein Blick ein Ziegeldach. Ich trat hinzu, und beim Haus fühlte mich gleich beheimatet." Und ich fragte dann: „Gehört dies auch zu den wichtigen Dingen?" – „Das kann sein", antwortete Esmeralda, und ich fühlte, dass sie es wiederum mir überließ herauszufinden, was es damit auf sich hätte. „Wem gehört denn das Haus", fragte ich sie daraufhin. – „Das kann ich dir nicht sagen", antwortete sie, und es war mir nicht klar, ob sie es nicht wusste oder ob sie es nicht sagen wollte. Gehörte es wiederum zu meinen Aufgaben herauszufinden, wie es sich damit verhielt? Und das würde nur gelingen, wenn es mir wichtig genug wäre, und vielleicht war dies der Prüfstein. Ich fühlte, dass ich es wissen wollte, und ich kam mir wieder vor wie am Vortag, als ich den Weg zu Manuels Siedlung nicht im ersten Anlauf gefunden hatte. Nach Esmeraldas Reaktion gab es keinen direkten Weg, um zu erfahren, wem das Haus gehörte, und ich musste wohl wieder meinen Intuitionen folgen.

Oder anders gesagt: das Leben würde es mir zeigen, wenn es an der Zeit wäre.

Nachdem Esmeralda und ich ein leichtes Mahl zu uns genommen hatten, berichtete sie mit wenigen Worten etwas von sich. „Ich war sehr krank", erzählte sie „aber ich bin dem Tod nochmals entronnen." Was die Krankheit genau war, sagte sie nicht. Wie ich von Jeduschin gelernt hatte, oblag es den Erzählenden, was sie von sich preisgaben, und so antwortete ich einfach: „Es tut mir leid, das zu erfahren." Und nach einer Weile ergänzte ich: „Auch Menschen wie du können offenbar ernsthaft krank werden, wo ich doch dachte, dass eine tiefe Sicht in die Gegebenheiten des Lebens und eine entsprechende Lebensweise davor schützen würden." – „Wo denkst du hin", meinte sie daraufhin, „niemand entgeht seinem Schicksal. Genau genommen ist es so, dass wir selber unser Schicksal sind. Leben und Schicksal sind nicht zwei Dinge, die zueinander in einem Verhältnis stehen." – „Dein Leben war zu diesem Zeitpunkt also Krankheit?" fragte ich nach. – „So ist es", antwortete sie, „es hätte auch den Tod bedeuten können." – „Warst du bereit dazu?" wollte ich dann wissen. – „Bereit oder nicht bereit ist keine Frage, die sich mir stellte. Es gibt zwar viele Menschen, die nicht so offen im Leben stehen, dass sie den Tod als letzte Konsequenz akzeptieren, und die deshalb nur mit großen Widerständen von dieser Welt gehen. Bei mir war das nicht so. Ich war einfach krank und schwach, und wenn ich eines Morgens nicht mehr aufgewacht wäre, hätte ich es nicht gemerkt. Es wäre ja niemand mehr da gewesen, der es hätte merken können." Ähnliche Gedanken hatte ich mir bezüglich des Todes auch schon gemacht, aber wenn Esmeralda sie äußerte, dann hatten sie ein anderes Gewicht. Sie waren gültig, und ich spürte, dass sie an jener Schwelle gestanden hatte. „Du hast dich verändert“, sagte ich dann etwas scheu. „Du gehst ruhiger mit mir um als früher, deine Kleider sind weniger farbig, und du wirkst stiller auf mich“, das traute ich mich nun doch zu sagen. Es war ja ihr überlassen, ob sie darauf eingehen würde. „Die Krankheit und die Schwelle des Lebens haben mich verändert“, nahm sie den Faden tatsächlich auf, und dies vielleicht gerade deshalb, weil meine Worte nicht mehr als ein Gesprächsangebot waren. „Vieles ist von mir abgefallen, und es wurde mir klar, dass für ein wirkliches Leben fast nichts nötig ist. Tiefe ist unscheinbar.“ Wenngleich ich der Schwelle des Todes noch nicht nahe gekommen war, so ging auch ich doch mehr und mehr in die Richtung eines einfachen Lebens. Das mochte nicht unähnlich der Lebensform vieler Menschen in dieser Gegend sein, und es unterschied sich auch wenig vom Leben der Bauern, außer dass deren Hände Schwielen hatten.

Esmeraldas Worte brauchten nicht ergänzt zu werden, und so zogen wir uns beide für eine Mittagspause zurück. Wieder einmal legte ich mich unter den Schatten der Bäume vor dem Gästehaus, und wie andere Male war ich in einen Schlaf gefallen. Das merkte ich allerdings erst, als ich wieder aufwachte. Sinngemäß hatte Esmeralda gesagt, dass man nicht bemerkt, wenn man nicht wieder aufwacht, und dass es mit dem Tod so sein könnte. Wie viel man sich doch über eine ‚Zeit nach dem Tod‘ vorstellen konnte, dachte ich dazu, und es wären doch nur Bilder eines anderswo fortgesetzten Lebens. Und so würde es wohl nicht sein. Nun war ich aber wieder wach, und ich erinnerte mich an einen kurzen Traum, den ich während des Mittagsschlafes gehabt hatte. Darin war ich im Bauernhaus von Barbara, und das kleine Steinhaus stand gleich daneben, und es war zugleich meine Wohnstatt. Dieses Traumbild bewegte mich nun sehr. Vielleicht zeigte es meine innere Bewegung nach der Entdeckung des Hauses, vielleicht einen Wunsch, und vielleicht fügte es auch Lebenselemente zusammen, die mir noch nicht bewusst waren: das Steinhaus, das Verhältnis zu Barbara und eine Lebensform. Ich stand von der Wiese auf, wo ich gelegen hatte, und ich schüttelte mich, um mich zur Ordnung zu rufen. Schließlich wollte ich mich nicht in Bildern verlieren, die doch Bilder des Schlafes waren, und nicht solche des wachen Erlebens.

Und doch schien mir alles sonderbar. Da hatte ich mich bei einem kleinen Haus beheimatet gefühlt, obwohl ich es nicht kannte, es folgte dieses Traumbild, und in allem war so viel Energie, dass ich nicht umhin konnte, die Angelegenheit weiter zu verfolgen. Ich entschloss mich deshalb, zu Barbaras Bauernhof zu gehen und der Sache auf den Grund zu gehen. Der Weg dem Bach entlang war wie immer lang, aber ich ging zügig den Berg hinunter. Das kleine Steinhaus war im Gegensatz zum Traumbild allerdings weit vom Bauernhaus entfernt und lag in einer anderen Richtung. Wieder kam ich an Jeduschins Acker vorbei, dem ich diesmal keine weitere Beachtung schenkte, und dann öffnete sich der Blick zum Meer hin. Bald bog ich in die schmale Straße zum Bauernhof ein, die wir vor wenigen Tagen mit dem Traktor von der anderen Seite her befahren hatten. Im Hof stand Barbaras Mann, der sich an Geräten für die Landarbeit zu schaffen machte. Scheu fragte ich ihn nach Barbara, denn ich hätte eine Sache, die ich gerne mit ihr besprechen möchte. Wie stets fragte er nicht weiter danach und wies mich einfach zum Bauernhaus, worin sie offenbar beschäftigt war. Noch nie war ich dort drin gewesen, und ich klopfte an die Tür, obwohl sie weit offen stand.

Tatsächlich kam Barbara heraus, und sie schien etwas erstaunt, dass ich sie einfach so aufsuchte. Wir hatten uns ja nicht verabredet, und es gab auch keine Aufgabe, die wir gemeinsam zu erledigen hatten. Sie bat mich aber herein und wir setzten uns in die Küche, die mit alten und neuen Möbeln, vielen Utensilien sowie einigen Gewürzstöcken lebendig eingerichtet war. Man konnte fühlen, wie das Leben hier pulsierte, und dass hier zahlreiche Menschen ein und aus gingen. Barbara machte mir einen Tee und stellte etwas Gebäck dazu, sodass ich mich willkommen fühlte, und sie schaute mich dann wortlos und erwartungsvoll an. „Ich hoffe, dass ich dich nicht zu sehr störe", sagte ich dann, „aber die letzten Ereignisse haben mich veranlasst, zu Dir zu kommen." Ich erzählte von der Begegnung mit den Menschen, zu denen Manuel gehörte, vom Aufenthalt bei Klara und davon, dass ich realisierte, dass hier zahlreiche Menschen und Gruppen lebten, die ähnlichen Geistes waren wie Jeduschin und Barbara. Und dann berichtete ich vom Steinhaus, auf das ich zufällig gestoßen war, und von den Gefühlen, die ich dort hatte. Es kostete mich etwas Mut, auch vom Traumbild zu berichten, das ich eben erst gehabt hatte, denn es war ja mein Bild und nicht ihres, und für sie musste es keine Gültigkeit haben. Zum Schluss fragte ich sie, ob sie etwas wüsste vom kleinen Steinhaus – wem es gehöre, und warum es so verwachsen sei, als hätte schon länger niemand mehr dort gewohnt.

Barbara hörte sich alles geduldig und auch interessiert an, und mir schien, dass auch sie bewegt war vom Erzählten. Vielleicht schlug sie einen Bogen zu sich selbst, und dass die Sache auch einen Einfluss auf ihr Leben haben könnte. Sie sagte aber nichts dazu und bezog sich nur auf das Steinhaus im Wald. „Das Haus gehört dem Bruder des früheren und mittlerweile verstorbenen Hausherrn hier, den du vor Jahren kennen gelernt hast. Er lebt jetzt hier im Gehöft, weil er gebrechlich geworden ist, aber er war lange Zeit im kleinen Steinhaus und pflegte es liebevoll." Nun verstand ich mein Traumbild, und es hatte mich richtig geführt. „Gehört dieser Bruder auch zu den Menschen offenen Geistes, wenn er so lange im Wald gelebt hatte?" fragte ich dann. „So ist es", antwortete sie kurz, und ich dachte dazu, dass Barbara in jungen Jahren vielleicht auch hin und wieder dort zu Besuch gewesen war, dass sie das Haus gut kennen mochte, und dass sie vielleicht auch von diesem Mann gelernt hatte. „Er war nicht mein Lehrer", nahm sie den Faden von vorher wieder auf, „aber ich schätze ihn sehr. Das Haus stand übrigens früher auf einer Wiese – der Wald hat es einfach eingeholt, weil niemand den Baumwuchs zurückschnitt. Es war dem Bruder des

Hausherrn wohl recht, dass das Haus und damit auch er selber sich mehr und mehr versteckten. Die Wege der beiden Brüder haben sich vor Langem getrennt, weil der eine den Hof übernommen hatte und der andere gewissermaßen übrig blieb. So hat sich dieser in das kleine Haus zurückgezogen, und es war weit genug weg, dass sich keine weiteren Spannungen zwischen den beiden ergaben. Er half aber hin und wieder auf dem Hof aus, und so konnte die Beziehung auch in einer gewissen Form erhalten bleiben. Letztendlich glaube ich, dass der Bruder im Wald das bessere Leben hatte als der Hausherr, der viele Verpflichtungen erfüllen musste. Er hatte allerdings auch die Macht im Gehöft, während seinem Bruder nur der Geist blieb."

Aufmerksam hörte ich Barbara zu und dann fragte ich: „Und was ist jetzt mit dem Haus?" – „Es ist unbenutzt, auch wenn es bisher nicht leer geräumt wurde. Der Eigentümer wird wegen seiner Gebrechlichkeit nicht mehr zurückkehren können", antwortete sie, und ich konnte nicht sagen, ob sie mich wieder erwartungsvoll anschaute. Heiß ging es mir durch den Körper, als ich fühlte, dass sich hier ein neuer Lebensweg abzeichnen könnte, und dass sich vielleicht Schicksalsfäden spannten, mit denen ich nie gerechnet hatte. Vielleicht zeigte mir die Beheimatung, die ich beim Haus gefühlt hatte, tatsächlich eine neue Heimat. Bisher hatte ich nicht gedacht, hier in der Gegend zu bleiben, denn ich ging selbstverständlich davon aus, dass ich nach dem zweiten Besuch bei Jeduschin wieder in meine alten Lebensformen zurückkehren würde. Und nun sah plötzlich alles anders aus.

„Würde der Eigentümer das Haus jemandem zur Verfügung stellen, da er es selber nicht mehr benutzen kann?" fragte ich dann, und ich konnte meine Emotion nicht verbergen. „Vielleicht – wenn der ‚jemand' du bist", antwortete Barbara daraufhin. „Du kannst ihn ja fragen. Er heißt übrigens Andro. Er ist heute allerdings nicht hier; jemand hat ihn auf einen kleinen Ausflug mitgenommen. Morgen wird er sich ausruhen müssen, aber danach könntest du wohl kommen. Ich könnte ihm in der Zwischenzeit etwas von dir erzählen, und ihn auf deine Frage vorbereiten." Wieder fühlte ich in diesem Moment, wie sich die beiden Ebenen des Daseins verknüpften, ja wie sie eins waren: die Situation mit dem Haus und meiner Emotion einerseits, und die große Weite des Lebens andererseits, worin sich einfach alles vollzog. Einmal mehr fühlte ich, wie sich das Leben selbst gestaltete, und worin ich der bewegte Schauspieler in einem eigenen Schauspiel war. Ich tat, was zu tun war, und zugleich sah ich allem Geschehen einfach zu. Ich hatte starke Emotionen, und andererseits gab es auch eine innere Distanz dazu. Wie wenn das Meer im Sturm einen starken Wellengang zeigt und es unten doch ganz still ist. Es war einfach folgerichtig, was geschah, und insofern war es trotz aller Bewegung auch einfach ‚ganz gewöhnlich'. Emotion und Stille waren eins.

Ich bedankte mich bei Barbara und erkundigte mich auch interessiert, wie es ihr ging und was sie so tat. Zwischenzeitlich hatte ich ja erfahren, dass sie zufolge ihres tiefen Wissens von besonderem Ansehen in der Gegend war, und das machte mich ihr gegenüber allerdings etwas zurückhaltender, als ich es früher gewesen war. Ich sprach aber nicht darüber, und sie verhielt sich auch nicht anders als stets. Sie sei es zufrieden, meinte sie einfach auf meine Frage, und ich fühlte, dass sie sich nicht weiter darüber äußern wollte. So verabschiedete ich mich und sagte, dass ich gerne am übernächsten Tag wieder kommen würde, wenn Andro da und ausgeruht sei. Das war für sie in Ordnung, und es würde sich zeigen, wie sich die Sache weiter entwickelt.

Bewegt ging ich von dannen, und ich setzte mich etwas vom Bauernhaus entfernt auf einen Stein am Wegrand, um mich wieder zu fassen. Da war mein Leben eben daran, sich schlagartig zu verändern, und ich kam bei dem Tempo kaum mit. Alles wirbelte mir durch den Kopf, und ich wollte wieder zur Ruhe kommen. So entschloss ich mich, an den Platz am Meer zu gehen, wo ich vor Jahren mit Jeduschin und auch einmal mit Esmeralda gebadet hatte, denn im Wasser könnte ich wieder einen klaren Kopf bekommen. Als ich dort schwamm, verhalf mir dies tatsächlich dazu, ganz in die Gegenwart zu kommen – da war Wasser, Schwimmen, Atmen, aus dem Wasser steigen, an der Sonne trocknen. Erfrischt machte ich mich anschließend auf den Weg zu Jeduschins Anwesen, und ich dachte, dass ich die Sache auch gerne mit ihm besprechen würde. Zu lange konnte ich ohnehin nicht mehr sein Gast bleiben, und vielleicht entwickelte sich alles zwanglos weiter.

Als ich an seinem Acker vorbeikam, da sah ich Jeduschin mitten in den Tomatenstauden stehen. Er war daran, Gemüse einzusammeln, und ich trat zu ihm hin. Wir begrüßten uns, da wir uns im Laufe des Tages noch nicht gesehen hatten. „Du kommst vom Meerbad – deine Haare sind noch nass", waren die Worte, mit denen er mich aufmerksam empfing. „Warst du auch bei Barbara?" Jeduschin musste es ja fühlen, dachte ich mir. Wie immer merkte er einfach, was geschah, und man konnte ihm nichts vormachen. – „Dann weißt du auch schon vom kleinen Steinhaus?" fragte ich zurück, um zu sehen, ob er auch dies spürte oder davon gehört hatte. Die Nachrichten machten hier manchmal ja schnell die Runde, und ich hatte auch Esmeralda davon erzählt. – „Wie ich hörte, möchtest Du allenfalls hier in der Gegend bleiben, und Andros kleines Steinhaus steht ja schon seit einiger Zeit leer. Bekommst du es?" So äußerte sich Jeduschin ganz direkt dazu. Immerhin musste ich mich nicht mehr weiter erklären oder meine Emotionen verbergen. – „So weit sind wir noch nicht", antwortete ich. „Es war erst heute am Morgen, dass ich darauf gestoßen bin, und alles geht zu schnell für mich." – „Die Dinge nehmen einfach ihren Lauf", erwiderte Jeduschin. „Mach dir keine Sorgen. Wenn dich die Sache sehr beschäftigt, ist das durchaus in Ordnung. Es ist einfach, was dir jetzt geschieht."

Jeduschin reagierte wirklich gleichmütig auf die Angelegenheit. Die Veränderung hätte ihn ja auch innerlich betreffen können, aber das war offenbar nicht der Fall. Wie immer ging Jeduschin einfach mit den Ereignissen des Lebens. Und ich wusste ja auch nicht, was ich ihm bedeutete – ob er froh war, wenn ich das Gästehaus bald nicht mehr belegte, und ob er sich gar freute, wenn ich in der Region bleiben würde. Es schien ihm einerlei, und das hätte ich auch als Gleichgültigkeit verstehen können. Das war es aber nicht, oder höchstens in dem Sinne, dass alle Wendungen des Lebens für ihn gleiche Gültigkeit hatten, weil sie eben das Leben sind. „Du bist bemerkenswert unemotional", sagte ich daraufhin, „und mich bewegt es sehr". – „Das geht vorbei", meinte Jeduschin daraufhin etwas trocken, als wollte er einen Gegenpol zu dem setzen, was sich gerade in mir abspielte. „Wie immer es kommt, ist es gut. Es ist schön, wenn es sich mit dem Haus für dich ergibt, aber letztlich spielt es keine Rolle. Du erinnerst dich doch an die Schauspieler auf der Lebensbühne. Irgendetwas wird immer gespielt, aber um welches Stück es sich gerade handelt, ist nicht so wichtig. Manchmal ist es eine Komödie, manchmal ein Trauerspiel, und gelegentlich ist es einfach das Werk eines mittelmäßigen Dichters." Und nach einer Pause forderte er mich heraus: „Was wird denn auf Deiner Bühne gerade gespielt?" – „Ein emotionales ‚Lustdrama‘," versuchte ich es zu benennen. Und ich versuchte mit Bezug auf seine langjährig erworbene Weisheit zu klären: „Wie verhält es sich denn eigentlich mit den Emotionen auf der ‚Altersbühne'?" – „Das Meer wird ruhiger, wenn die Fallwinde des Tages mit der untergehenden Sonne aufhören", antwortete er sinnbildlich. Also war es auch in Ordnung, wenn die Wellen bei mir noch etwas hochgingen.

Ich half Jeduschin, das Gemüse zum Anwesen hochzutragen, und wir sprachen nicht mehr weiter über das Haus. Gemeinsam bereiteten wir mit dem Gemüse und gekochtem Reis ein schmackhaftes Abendessen. Esmeralda setzte sich dazu, sagte aber auch nichts weiter über das kleine Steinhaus. So fand dieser bewegende Tag einen guten, stillen Abschluss. Zurück im Gästehaus wirkten Jeduschins Worte in mir nach, und ich fand auch zu innerer Ruhe.

Für den nächsten Tag hatte sich bei Jeduschin Besuch aus dem Hauptort der Region angemeldet. Es war selten, dass sich Jeduschin zum vorneherein auf eine Zusammenkunft festlegte, doch dass es nun geschehen war, gehörte zu den Überraschungen. Stets behielt er sich allerdings vor, solche Termine auch kurzfristig zu ändern oder ein Treffen ganz abzusagen, wenn es ihm nicht mehr passend erschien oder er Wichtigeres zu tun hatte. In diesem Sinne gestand er sich eine Freiheit zu, die andere nicht für sich in Anspruch nahmen, und das war möglich, weil er von niemandem etwas erwartete. So gesehen war es immer eine Gabe an andere, wenn er sich für ein Treffen oder ein gewünschtes Gespräch zur Verfügung stellte. Zum Besuch hatte sich ein Paar mittleren Alters angemeldet, das erfahren hatte, dass es in der Gegend von Jeduschins Anwesen Menschen mit besonderer geistigen Offenheit gab, und sie wollten sich gerne etwas darüber informieren. Die beiden kamen dabei aus jenem Ort, wo sich das von Jeduschin einmal erwähnte Kunsthaus befand, ,zwei Tage zu Fuß, und einen Tag mit dem Esel' entfernt. Als Jeduschin davon gesprochen hatte, erwähnte er die Reisedauer mit seinem zweirädrigen Traktor nicht, und vielleicht kamen die zwei Menschen auch mit einem anderen Gefährt.

Meistens erzählte mir Jeduschin nicht von seinen Plänen, sondern er machte einfach, was zu tun war. Mehr als einmal wurde ich dabei auch von Treffen überrascht, die er mir nicht angekündigt hatte. Diesmal aber erzählte er beim Frühstück kurz vom bevorstehenden Besuch, und es hatte seinen Grund darin, dass er sich lieber um Esmeralda kümmern wollte, als sich mit den unbekannten Gästen zu unterhalten. Es war Jeduschin auch gegeben, schon im Vorfeld eines angesagten Besuches zu spüren, welche Energien ihn erwarteten, und auch darin lag ein Grund, wie er sich im Allgemeinen kurzfristig verhielt. In diesem Falle schlug er mir vor, die Zusammenkunft an seiner Stelle abzuhalten und meinte dazu, dass ich den Geist des Ortes und der Region wohl genügend kennen würde, um den Besuchern etwas davon zum Ausdruck zu bringen. Das war für mich überraschend, aber ich hatte bei Jeduschin inzwischen auch gelernt, für alles angesagte Geschehen offen zu sein und diesem auch freien Geistes zu begegnen. Wie er würde auch ich keinen Plan machen, was über das Anwesen oder die Gegend hier zu berichten sei – alles würde sich spontan im Gespräch ergeben. Die Lebendigkeit des Daseins könnte sich zeigen, und die Fragen der Besucher würden das Gespräch soweit leiten, dass sie darin auch sich selber begegneten. In Jeduschins Anwesen ging es ja auch um die ‚Welt als Spiegel‘.

Die beiden Besucher kamen im Verlauf des Vormittags, und ich spürte gleich, dass sie interessiert und kritisch zugleich waren. Der Geist des Ortes hier hatte sie angezogen, aber sie schienen sich auch nicht gerne auf Dinge einzulassen, die sie nicht klar fassen konnten. Wir begrüßten uns freundlich, und ich erklärte ihnen gleich, dass sich Jeduschin einer dringenden Verpflichtung widmete und dass sie mit mir vorlieb nehmen müssten. Damit geriet ich auch in eine neue Rolle, indem ich nun nicht mehr der Fragende war, sondern Auskunft geben sollte, so gut ich es vermochte. Die Frau und der Mann waren von gepflegter Erscheinung, und vielleicht war es gut, dass sie nicht zu Mauro gegangen waren, denn der Unterschied wäre doch recht groß gewesen. Nicht nur derjenige im Aussehen, sondern wohl auch jener der Gesprächsführung. Da stand ich etwas zwischendrin, und so konnte ich vielleicht auch gewisse Übersetzerdienste zwischen den Welten leisten. Allerdings verband sich damit auch bei mir keine Absicht oder etwa die Idee, einen guten Eindruck machen zu sollen. Nicht einmal in Stellvertretung von Jeduschin war mir dies ein Anliegen, und ich wusste, dass er den Gesprächsverlauf – wie immer er sein würde – als das reine Geschehen annehmen würde, zu dem es keine Alternative gibt.

Wir setzten uns an den Steintisch im Hof, und ich offerierte den beiden einen Kaffee. Jeduschin hätte das vielleicht nicht getan, und ich konnte nicht sagen, ob ich es aus eigenem Bedürfnis, aus Höflichkeit oder in Anpassung an die Erwartung der Gäste tat. Jedenfalls nahm ich auch gerne nochmals eine Tasse, und so passte es. Die Gäste bedankten sich und sagten einige freundliche Worte über das Anwesen und wie sie sich freuten, hier sein zu dürfen. Dabei ertappte ich mich, dass ich diese Art von konventionellem Austausch nicht mehr wie früher schätzte und mir das auch nicht mehr gewohnt war. So hatten mich Jeduschin und der Ort in kurzer Zeit geprägt. „Und was sind ihre Fragen?" forderte ich sie dann etwas direkt heraus. – „Ah, wir würden gerne wissen, wie die Menschen hier so leben und in welcher Weise sie sich mit geistigen Dingen beschäftigen. Könnten sie uns dazu etwas erzählen?" antworteten sie darauf. Sie waren beim höflichen ‚Sie' als Ansprache geblieben, und auch daran war ich nicht mehr gewohnt. In der Gegend hier sagten sich alle ‚du'. Das schlug ich ihnen vor mit der Idee, dass das Gespräch dadurch lockerer würde und die beiden vielleicht auch eher annehmen könnten, was auf sie zukommen mochte. Sie hießen Sonja und Ron, und ich stellte mich gleichermaßen mit Namen vor. „Also die Menschen hier leben wie alle anderen auch, und der Geist ist einfach mit dabei", war dann meine kurze Antwort. „Der Geist ist mit dabei – das ist doch bei allen Menschen so", stellte Ron dazu fest, und ich meinte dazu: „ja natürlich. Allerdings ist ein lebendiger Geist nicht von Überlegungen geprägt." Was Ron damit anfangen würde, war mir nicht klar, aber die beiden schienen soweit interessiert, dass sie nicht gleich aufstanden und sich freundlich verabschiedeten. Möglicherweise hatten sie auch im Vorfeld gehört, dass sich Jeduschin und die Menschen dort manchmal etwas speziell ausdrückten. Dazu hätte man allerdings wissen müssen, dass es auch gar nicht anders möglich war über Dinge zu sprechen, die ‚speziell' sind. Alles braucht ja seine eigene Ausdrucksweise, und dies umso mehr, wenn es um Unbenennbares geht – ein Widerspruch in sich.

„Worum es bei diesem Geist geht, kann nicht beschrieben werden", ergänzte ich dann, „man kann es nur erfühlen und umkreisen. Es gibt hier auch keine Lehre und keinen Glauben, an die man sich zur eigenen Entlastung halten könnte. So gesehen ist man sich selber ausgesetzt und staunt über eine Welt, die es nicht so gibt, wie es sich die meisten Leute vorstellen". Das war nun eine Herausforderung für die beiden. – „Es gibt bei euch keine Lehre und keinen Glauben?" fragte Sonja erstaunt, und die Sache von der Welt ließ sie gleich ganz weg, „wie soll es denn mit Geist und Spiritualität gehen ohne Lehre und Glauben?" – „Eben gerade das ist Spiritualität", antwortete ich darauf. „Mit Lehren und Glaubensfragen beschäftigen sich die Religionen. Darum geht es hier nicht. Ein lebendiger Geist verträgt sich schlecht mit vorgegebenen Inhalten. In solchen Systemen sind nur Zirkelschlüsse möglich – mit Erwägungen wird bestätigt, was man vorher angenommen hat." – „Was ist denn ein lebendiger Geist?", wollte Soja dann wissen. – „Der lebendige Geist ist die spontane Kreation des Momentes, wie immer sich diese zeigt", antwortete ich. „In diesem Sinne gibt es nichts anderes, als den lebendigen Geist. Nur sehen das viele nicht, weil sie etwas Bestimmtes erwarten oder an etwas Besonderes glauben." – „Wie kann man den lebendigen Geist denn gewinnen, wenn er immer schon da ist und wir ihn nicht sehen?" brachte sich Ron ins Gespräch ein. – „Man kann ihn nicht gewinnen", sagte ich dazu, „was schon da ist, kann man weder suchen noch finden." Und als sie nicht antworteten, ergänzte ich nach einer Pause: „Die Idee, dass man ihn suchen und finden könnte, liegt allerdings auch innerhalb dieses lebendigen Geistes. Was ‚ganz' und ‚alles' ist, schließt auch den Gedanken mit ein, dass es nicht ganz sei, und dass etwas fehlt. Viele Menschen begeben sich auf die Suche nach etwas, das ihnen zu fehlen scheint. Nicht weil es nicht da ist, sondern weil sie es nicht wahrnehmen können. Sie haben sich schon so weit von sich selbst entfernt, dass sie nicht mehr spüren, was sie sind. Manche entwickeln aber ein Gefühl für diesen Umstand. Sie meinen dann, dass es noch etwas mehr geben müsste, etwas Zusätzliches, damit ihnen nichts mehr fehlt. Es gibt aber keine Ganzheit als etwas von uns Getrenntes. So gesehen sind wir schon das Ganze selbst. Wir müssen es auch nicht so nennen, denn es gibt keine wirkliche Beschreibung von dem, was wir sind. Wir sind einfach." – „Dann gibt es also nichts zu suchen?" fragte Sonja. – „Nicht wirklich", meinte ich dazu, „aber das zu erkennen ist schwierig. Dafür muss man von seinen eigenen Ansichten frei werden und ganz leer sein. Dann können wir die Fülle allen Seins sehen, und nichts fehlt mehr." – „Das also ist Spiritualität?" doppelte Sonja ihre Frage nach. – „Auch Spiritualität gibt es nicht wirklich. Es ist nur ein Wort von jenen, die etwas suchen. Das was ist, ist alles, und wir brauchen es nicht speziell zu benennen. Im Grunde geht es auch gar nicht, weil es unermesslich und unbeschreiblich ist." – „Ist es das, was wir nicht sehen?" fragte Ron nach. Er wollte es wissen, und es bestand die Gefahr, dass er daraus eine neue Lehre machen würde, ‚Die Lehre des Unermesslichen‘ vielleicht. – „Wir können es nicht sehen, weil es keine Form hat. Es ist das, was in allem ist – oder genauer gesagt: das was alles ist. Es kommt nichts dazu, nur weil es unermesslich ist." – „Und wie wird man dafür offen?" fragte Sonja. – „Du kannst es nicht werden, weil du schon alles bist. Es kann aber sein, dass du in eine große Leere fällst. Da wird es jedem unheimlich, weil wir alle Angst vor Auflösung haben. Was sich auflöst sind aber nur unsere Vorstellungen, die uns davon abhalten, die Ganzheit allen Seins zu sehen. Ohne deine Vorstellungen fehlt dir nichts. Weil du genau das bist, was du bist. Alles darüber hinaus ist Interpretation. Sie gehört allerdings auch zur Ganzheit dessen, was du bist, selbst wenn sie dich von einer klaren Sicht abhält. Was wir sind, steht sich damit gewissermaßen selbst im Weg. Auch das sind natürlich nur Gedanken und Interpretationen, die letztlich bedeutungslos sind. Solange wir denken, dass wir auf einem ‚Weg' sind, helfen sie uns vielleicht, aber sie helfen nur der Person, die wir zu sein glauben, und die gibt es nicht wirklich."

So konkret hatte ich meine Auffassung, die sich in den vielen Gesprächen mit Jeduschin gebildet hatte, noch nie formuliert, auch nicht für mich selbst. Und ich war erstaunt, wie sich deren Inhalte zu einem recht klaren Bild zusammensetzten. Sonja und Ron schwiegen und brauchten sicher Zeit, um die für sie wohl neuen Gedanken etwas zu verdauen. Für den Verstand ist eine solche Sicht auch nicht zu fassen, und ich schlug ihnen deshalb vor, die Kapelle zu besuchen. Sie stünde immer offen, und es wäre ein guter Ort, um von allem Gedachten Abstand zu gewinnen. Sie sei übrigens ganz leer. Es gäbe dort keine Bilder, denn Geschichten brauche es im Geist so wenig wie im Leben, das einfach stets stattfinde. Gerne gönnten sich die beiden eine Pause, und das Schweigen, in das sie verfielen, war wohl auch das Richtige. Sie machten sich auf den Weg in die kleine Kirche, zu der ich immer noch eine besondere Beziehung hatte, weil ich dort zum ersten Mal mit dem Geist des Ortes in Kontakt gekommen war. Sie war gewissermaßen mein

‚Ankerplatz der Leere' zu dem ich immer wieder zurückkehrte, wenn mir die Ereignisse oder Überlegungen zu viel wurden. Hier hatte ich Abstand zu allem gewonnen, und dies hatte sich später auch auf meine Lebenshaltung übertragen. Erst jetzt – im Kontakt mit Sonja und Ron – wurde mir klar, wieviel sich in den Zeiten hier bei mir verändert hatte. Ich sprach nun auch spontan, und tatsächlich war es richtig, mir nicht zum Voraus zu überlegen, was ich sagen wollte oder sollte. Das wäre nicht auf die Besucher bezogen gewesen. Es konnte nicht anders sein, als es war, und dem stand nicht mehr viel im Wege.

Nach einiger Zeit kamen Sonja und Ron wieder zurück, und sie waren schweigsam geblieben. Vielleicht hatte sich ihre Stille sogar verdichtet, denn so konnte die Kapelle wirken. Wir setzten uns nochmals an den Steintisch im Hof, an dem wir unser Gespräch geführt hatten, das doch eher eine Darlegung meinerseits war, und wofür ich mich entschuldigte. Ich hätte sicherlich zu viel gesprochen, und sie könnten auch gerne alles wieder vergessen – das wäre sogar das Beste, was sich ereignen könnte, denn das wäre auch das, was Jeduschin ihnen wohl vermittelt hätte. „Ich hoffe, dass ihr Jeduschin nicht vermisst habt", sagte ich dann, „vielleicht hat er ein anderes Mal Zeit für euch, solltet ihr wieder einmal kommen." Ihn vermisst zu haben, verneinten sie nun angelegentlich, und ich hatte den Eindruck, dass sie tatsächlich auch genug hatten von allem, was ihnen hier widerfahren war. „Für eine innere Öffnung muss man nichts tun?" fragte mich Sonja nochmals zum Schluss, und ich meinte dazu, dass es schön sei, wenn man wirklich in die Lage komme, nichts zu tun. Wir seien dann gewissermaßen ‚verfügbar‘, und eine leere Schale fülle sich leichter als eine volle. Wir verabschiedeten uns recht herzlich, und ich hatte den Eindruck, dass wir uns vielleicht wieder einmal sehen würden. Dann wäre ich möglicherweise aber nicht mehr in der Klause von Jeduschin, sondern vielleicht im kleinen Steinhaus. Allenfalls würde ich dort wohnen, selbst wenn wir uns hier wieder träfen, denn der Platz am Steintisch war ein wunderbarer Ort für diese Art von Begegnung.

Nachdem die beiden gegangen waren, stand ich alleine auf dem Hof, und es erinnerte mich an die frühere Erzählung von Jeduschin, dass die Verantwortung für den Ort und den gelebten Geist nach dem Hinschied seines Meisters auf ihn übergegangen war. Hier war niemand gestorben, aber ich fühlte einen Zeitenwandel, der vielleicht auch ein solcher der Rollen war. Später trat Jeduschin hinzu, und er berichtete, dass es richtig gewesen war, bei Esmeralda zu sein. Mit den Menschen zu sprechen, sei eine gute Sache für die Jüngeren – wozu er mich offensichtlich zählte – und für ihn sei es richtig, vermehrt zu schweigen. Aber auch ich würde das im kleinen Steinhaus üben können. Ich berichtete Jeduschin kurz von der Unterhaltung mit Sonja und Ron, die er beide nicht kannte, und er war zufrieden damit. Offenbar traute er mir nun zu, dass ich auf die Fragen der Menschen in passender Weise eintreten könnte, und dass ich auch verstanden hatte, um was es Jeduschin ging. Und um was es im Leben überhaupt ging.

Nach dem gemeinsamen Mittagessen verbrachte ich den Nachmittag allein, und der Vormittag sank ebenso in mein Inneres ein wie die Situation mit dem Steinhaus, die mich nach wie vor beschäftigte. Durch den Besuch der beiden Städter war ich eine Zeitlang davon abgelenkt, aber nun kamen die Empfindungen hinsichtlich einer neuen Lebenssituation wieder zurück, und durch das vormittägliche Gespräch wurden sie sogar verstärkt. Vieles befand sich nun im Wandel. Nach einem stillen Spaziergang am Abend legte ich mich früh zur Ruhe und schlief still ein.

Die Nacht verlief dann doch nicht so ruhig wie zu Beginn. Es ging mir vielerlei durch den Kopf im Zusammenhang mit Jeduschin, mit all den Ereignissen in seinem Anwesen und mit der Aussicht auf eine neue Lebensform im kleinen Steinhaus. Es schien mir, als würde meine ‚Lehrzeit' hier zu Ende gehen, und als würde ich nun selber für das einstehen müssen, was sich in der Zeit hier an Einsichten ergeben hatte. Ich würde mich dann nicht mehr auf Jeduschin und Esmeralda stützen können, auch wenn wir uns hin und wieder sähen, und ich könnte sie auch nicht mehr nach allem fragen, worüber ich Zweifel hatte. Ich würde eigenständig leben, äußerlich vielleicht im kleinen Haus, und innerlich in jenem Wissen, für das ich offen geworden war. Es gäbe viele stille Zeiten, in denen die ‚Stille hinter der Stille' intensiv spürbar wäre, und vielleicht kämen gelegentlich auch Besucher, die Fragen stellten. Das kleine Steinhaus war allerdings versteckter und weniger leicht zu finden als das Anwesen von Jeduschin mit der weißen Kapelle, und es könnte so eine Zeit der Verdichtung kommen, wie sie gewisse Waldmönche nach der klösterlichen Schulung zu bestehen hatten. Nur war ich nicht in einem Kloster gewesen und auch kein Mönch. Dieser Gedanke erinnerte mich wiederum an die erste Begegnung mit Jeduschin vor vielen Jahren, als er mir sagte, dass er kein Mönch sei – viel weniger noch als sein Vorgänger, der gelegentlich eine Kutte getragen hatte, auch wenn dieser in religiösen Angelegenheiten ganz frei war.

Vielleicht fühlte ich in dieser Nacht, wie sich einige Schicksalsfäden verknüpften. Oft geschieht dies ja in der Stille und sie werden im Äußeren erst sichtbar, wenn sie eine gewisse Festigkeit erreicht haben. Darin könnte Andro ebenso verknüpft sein wie Barbara, deren Hof zum Steinhaus in erreichbarer Distanz lag. Es war mir klar, dass ich nach dem Frühstück zu Andro gehen würde, um die Angelegenheit mit ihm zu besprechen, denn länger als notwendig wollte ich sie nicht anstehen lassen. Jeduschin hatte dafür Verständnis, aber er hielt mich am Frühstückstisch doch noch kurz zurück. „Mach dir nichts draus, wie immer es kommt", gab er mir mit auf den Weg, „und denke an die Landwinde, die am Abend abnehmen und das Meer ruhig werden lassen. Andros Lebensabend ist eingeläutet, und da sehen die Dinge etwas anders aus, als wenn man noch mitten in den Wellen schwimmt. Aber du weißt ja, dass auch deine Wellen gleich dem Meer sind, und dass selbst in den Wellen die große Stille liegt." Jeduschins Worte gaben mir eine gute Orientierung für das Gespräch mit Andro, und ich machte mich gleich auf den Weg zum Bauernhof, um zu sehen, welchen Weg das Leben gehen würde.

Andro war ein freundlicher alter Herr, der mich bereits erwartet hatte, als Barbara mich ihm vorstellte. Sie hatte ihm von meinem Anliegen und wohl auch von mir als Menschen erzählt, und davon, dass mir die innere Welt so wichtig war wie den anderen in ihrem Kreis geistig offener Menschen. Andro hatte zwar nur am Rande davon gestanden, denn er war mit der Bauernwelt innerlich verknüpft geblieben, aus der er ja nicht ganz freiwillig ins kleine Haus gezogen war. Wie mir Barbara am Vortag berichtet hatte, war das Verhältnis mit seinem Bruder einfach so, dass dies die beste Lösung war. Erst in der Stille des abgelegenen Hauses war er mit der ‚anderen Welt' in Kontakt gekommen, und auch mit den Gemeinschaften, die in der Region lebten. Die Siedlung, zu der Manuel gehörte, war dabei die nächste, und ich dachte, dass er die Menschen dort wohl recht gut kannte.

Gleich zu Beginn war unsere Begegnung gut, und wir fühlten uns in schöner Weise vertraut. Andro war recht gebrechlich, ging am Stock und schien Schmerzen in den Beinen und vielleicht im ganzen Körper zu haben. Ruhig erzählte ich Andro von meinem Spaziergang und der Begegnung mit dem kleinen Steinhaus, wie ich es schon Barbara berichtet hatte. Und dass ich heimatliche Gefühle gehabt hätte, die ich zunächst nicht einzuordnen vermochte. „Schön, dass dir das Haus gefällt", antwortete Andro, „ich gebe dir den Schlüssel – sieh es dir von innen an. Barbara hat mir vieles von dir erzählt, und ich würde mich freuen, wenn jemand das Haus schätzen und wieder beleben würde, in das ich nicht mehr zurückkehren kann. Es tut keinem Haus gut, wenn es nicht bewohnt wird, aber ich ging nicht davon aus, dass sich jemand für ein im Wald verstecktes Haus interessieren würde. Berichte mir, ob es dir auch innen gefällt, und wir reden dann über alles Weitere." Ich war bewegt, wie offen Andro mir gegenüber war, und dass er das Haus innerlich offenbar schon soweit losgelassen hatte, dass er es jemand anderem anvertrauen konnte. Vielleicht würde er sich sogar freuen, wenn jemand anders es liebte und das Leben wieder einzöge. So war unser Gespräch schon bald beendet, und ich nahm den Schlüssel erwartungsvoll entgegen.

Das kleine Steinhaus lag eine gute Wanderstunde vom Bauernhof entfernt, und ich ging schnellen Schrittes den Berg hinauf, um baldmöglichst dort zu sein. Der Schlüssel drehte sich leicht im Schloss, und ich öffnete gleich alle Fenster und Fensterläden, so dass die frische Waldluft hineinströmen konnte. Und wieder fühlte ich mich zuhause, und ich spürte, dass ich gerne hier leben würde. Die Zimmer waren in gutem Zustand – Andro hatte das Haus offensichtlich sehr gepflegt und die Zeit, die es leer stand, hatte ihm nicht viel angehabt. Tatsächlich war es die Küche, die hinter der Terrasse lag, und ich hätte mich gleich darauf niederlassen können. Die Zimmer waren spärlich, aber gemütlich möbliert, und ich dachte, dass ich doch das eine und andere ändern würde, sollte es einmal mein Zuhause werden.

Während ich wieder auf den Stufen vor der Haustüre saß, erschienen mir Innen- und Außenwelt einmal mehr als jene große Einheit, welche alles Leben ist. So wie die von der frischen Luft durchfluteten Räume mit der Natur ums Haus herum verbunden waren, so waren Haus, Wald und ich kaum mehr zu unterscheiden. Wieder war dieses eine Sein, welches eine letzte Heimat ist.

Lange blieb ich dort, bis mich Durst und Hunger zur Rückkehr aufforderten. Vor allem aber war es mir ein großes Anliegen, Andro von meinen neuen Eindrücken zu berichten und mit ihm zu schauen, wie sich alles regeln ließe. Nachdem ich das Haus wieder ordentlich verschlossen hatte, ging ich direkt zu Andro zurück, und ich hoffte, dass Barbara mir etwas zu essen reichen würde. Im Bauernhof angekommen war dies tatsächlich der Fall – Barbara hatte vom Mittagessen für die im Hof tätigen Menschen noch etwas übrig, und so wurde ich rasch und herzlich mit dem Nötigen versorgt. Es schien mir, dass mich Barbara anteilnehmend und doch ohne viele Worte auf meinem Weg ins kleine Steinhaus begleitete. Am Morgen hatte ich sie bewusst nicht gefragt, ob sie mitkommen wolle, denn es sollte ein unabhängiger Eindruck von meinem Hausbesuch werden. Selbst wenn ich sie gefragt hätte, wäre sie in weiser Voraussicht aber wohl nicht mitgekommen. Ich berichtete ihr von meinen neuesten Eindrücken, und es war ihr durchaus klar, wohin die Reise gehen würde. Vielleicht wusste sie es schon viel länger als ich, eventuell schon bevor ich das Haus kennengelernt hatte. Sie hatte aber niemals etwas vom leer stehenden Steinhaus gesagt. weil es wohl dem Lebensfaden überlassen bleiben sollte, ob ich den Weg dahin finden würde.

Mit Andro war die Sache schnell besprochen. Er überließ mir das Haus gerne für ein nicht sehr hohes Entgelt zum Gebrauch, und er ließ es offen, ob es auch einmal zu Eigentum zu erwerben wäre. Ich sollte mich dort vorerst einmal einleben, und es ging ja nicht nur ums Haus, sondern um eine neue Lebensform in dieser Gegend und mit den Menschen hier. Andro ließ mich mit dem Schlüssel wieder ziehen, und ich hatte den Eindruck, dass er nicht unglücklich darüber war, dass das von ihm lange geliebte Haus von jemandem ebenso geschätzt zu werden schien, und das war ihm offensichtlich wichtiger als eine hohe Entschädigung. Für Barbara war die Entwicklung vielleicht nicht unerwartet, aber dass sie sich in so kurzer Zeit vollzog, mochte auch sie nicht vorausgesehen haben. Dass ich ins kleine Haus einzöge, würde wohl auch auf ihr Leben von Einfluss sein, aber so wie ich sie kannte, machte sie sich darüber im Voraus keine Gedanken. Das Leben würde einfach seine Wege gehen, und das zu wissen, war genug.

Betroffen von all dem Geschehen ging ich zunächst zu Jeduschins Anwesen hinauf, und ich wollte ihn fragen, ob er mir auch dann zur Seite stehen würde, wenn ich nicht mehr sein Gast wäre. Und zugleich wusste ich, dass er keine Programme für das Leben hatte, und dass er für mich da sein würde, wenn es angezeigt wäre. Er würde mich aber auch mir selber überlassen, und es würde sich zeigen, ob ich all dem standzuhalten vermöchte, was von mir in dieser neuen Lebenslage gefordert wäre. Ich war noch nie ein Einsiedler gewesen, und ich wollte auch keiner werden, Und dennoch kam ich in ein Haus, das von Jeduschins Klause nicht wesentlich verschieden war, und ich fühlte, dass ich mich in dieser Lebensform erst zurechtfinden musste. Was es bedeutete, so zu leben, war vorauseilend nicht feststellbar, und ich konnte es nur erfahren. Jeduschin war zuhause, als ich im Anwesen ankam, und er sah sofort, wie sich die Angelegenheit entwickelt hatte. Ich zeigte ihm den Schlüssel, und er sagte dazu: „Ich kenne den Schlüssel. Es ist ein Schlüssel zum Glück. Es ist aber kein Glück, wie es sich die Menschen üblicherweise vorstellen. Es geht nicht darum, was du alles bekommst und hast, sondern darum, was du an diesem Ort alles nicht hast. Keine Einflüsse werden deinen Tageslauf bestimmen und dich prägen, es wird keine Anforderungen anderer Menschen an dich geben, denen nachzukommen du dich verpflichtet fühlst. Und vor allem wird es ganz still sein. Du hörst dort nur den Wind in den Bäumen, selten geht jemand die Straße entlang, und noch seltener wird jemand an deine Türe klopfen. Was dich erwartet, ist ein Zustand ohne bestimmte Qualität. Du wirst ihn nicht beschreiben können, denn er ist nicht schön und nicht unangenehm, er ist nicht schwierig und nicht erfreulich, und es gibt auch nichts zu erkennen."

Das klang für mich wie eine Verheißung, wenn auch eine noch unverständliche. Bisher hatte ich viele Erlebnisse – selbst die Begegnungen mit Jeduschin und den anderen Menschen hier gehörten dazu –, und nun schien es um etwas anderes zu gehen. Und es würde nicht in gewohnter Weise erfahren werden können. „Nichts zu erkennen…" wiederholte ich Jeduschins Worte, und er schloss an: „Zum Haus kannst du hingehen, aber es gibt einen Ort, wohin man nicht gehen kann. Er ist grösser als alle Erscheinungen. Darüber gibt es aber nichts zu erfahren, nichts zu erkennen und nichts zu wissen. Dort ist nicht einmal Einsamkeit, und auch nicht ‚jetzt'. Der Verzicht, erkennen zu wollen, schenkt dir alles. Aber natürlich bist nicht du es, der verzichtet, sondern das Leben tut es für dich. Und dafür hat es dir auch das kleine Haus zugehalten." Diese Worte Jeduschins schienen mir seine Verheißung fortzuführen, und es war mir wichtig, nun nicht ein Programm daraus zu machen. Es wäre das Programm, ‚kein Programm zu haben', und es erinnerte mich etwas an die geistigen Schulen, welche einen die ‚Leere' lehren wollen. Man stellt sich unter ‚Leere‘ dann etwas vor und strebt es an. Dazu war das kleine Steinhaus wohl allerdings weniger geeignet, und niemand würde sich darum kümmern, was ich mir vorstellte. – „Befreiung kann man nicht lernen“, sagte Jeduschin im Anschluss an seine vorherigen Worte, und es entsprach zugleich meinen Gedanken. „Alle Fragen werden irrelevant, und es geht auch nicht um deine Befindlichkeit“, fuhr er fort, „du wirst einfach in diesem Haus sein, und das ist ‚alles‘.“ Die Art, wie Jeduschin das Wort ‚alles‘ betonte, zeigte mir, dass er damit das meinte, worüber wir früher gesprochen hatten, dass eben da außer ‚alles‘ nichts anderes wäre, weil es alles einschloss.

„Wann wirst du umziehen?“ fragte mich Jeduschin dann. Wie praktisch er plötzlich werden konnte, während ich noch in weiten Gedanken war, und es zeigte mir wieder, dass beides zusammengehört und eins ist. ‚Alles‘ war in diesem Falle umziehen. „Ich übernachte gerne noch hier“, antwortete ich, „und vielleicht wäre ich für einige Tage gerne tagsüber im Steinhaus, ohne gleich ganz einzuziehen. Dort muss ich mich ja erst einrichten. Wohl gibt es manches zu reinigen, und auch vieles zu besorgen, nicht nur Lebensmittel.“ – „Wir werden dir helfen“, antwortete Jeduschin, und diese Ankündigung war für mich ein wertvolles Geschenk. Auch er begleitete mich also in die neue Lebensphase, und das empfand ich als große Unterstützung. ‚Allein‘ in diesem Haus zu leben bedeutete nicht, von Menschen verlassen zu sein, und das war mir fürs erste eine große Beruhigung. Das andere würde wohl noch kommen, die Einsamkeit, bis es auch diese nicht mehr geben würde, wie Jeduschin mir verheißen hatte. „Man ist allein", sagte er an meine Gedanken anschließend, „aber dass dann etwas fehlen würde, ist nur eine Meinung. Letztlich sind alle Menschen allein. Das ist nicht traurig, sondern jenseits von Freude und Bedauern. Da ist keine Bewertung möglich, sondern es zeigt sich einfach das Unbeschreibliche. Allein bist du mit dieser wunderbaren, unfasslichen Welt. Diese Welt ist in uns, und wir sind diese Welt. Es ist einfach grenzenlos."

„Und wie ist es mit der Liebe", fragte ich Jeduschin nach einer Weile. „Du und Esmeralda…" – „Wir sind kein Beziehungsmodell für dich", antwortete er sehr direkt, „und du weißt auch nicht, was noch kommen wird." Und ich spürte gut, dass er nicht auf seine Beziehung zu Esmeralda eingehen wollte. Sie war kein Modell für etwas. „Auch die Liebe ist ,alles'," fuhr er fort. „Auch die partnerschaftliche Liebe ist in dem enthalten, was ,alles' ist. Sie ist eine der vielen Formen, in denen ,alles' in Erscheinung tritt. Sie ist aber nicht die einzige. Auch Alleinsein ist ,alles'. Wo immer du bist, kannst du es spüren, wenn du aufmerksam bist. ,Alles' ist stets da, mit oder ohne Liebesbeziehung. Weshalb sorgst du dich darum? Du wirst eine Liebesbeziehung haben oder auch nicht, ganz so wie das Leben es arrangiert. Aber keine Liebesbeziehung ist ideal – nicht auf Dauer. Das macht es leichter, mit den Situationen umzugehen, wie sie sind. Auch dein Umgang damit ist einfach das Leben, das sich abspielt. Du machst es nicht wirklich. Ist das nicht befreiend?" Diese Worte Jeduschins erinnerten mich an seine frühere Feststellung ,Befreiung kann man nicht lernen'. – „Freiheit bedeutet, einfach in dem zu sein, wie es ist?" fragte ich nach. – „Nicht du bist in dem, was ist – es ist nur einfach das, was ist. Du als Erfahrender und Deine Erfahrung sind nicht voneinander getrennt. Freiheit bedeutet damit eine Unabhängigkeit von allem, was in der Welt geschieht, was aber nicht heißt, unbeteiligt zu sein. Sie kann auch eine Liebesbeziehung beinhalten, muss aber nicht. Und auch in diesem Falle bist nicht du es, der sie ‚hat'. Niemand ‚hat' ein Leben. Das Leben hat uns." Wir hatten schon früher über Beziehungen gesprochen, aber nun wurde mir nochmals etwas klar. Und das ermöglichte mir, leichten Herzens in das kleine Steinhaus zu ziehen, und ich würde offen sein für alles, was geschieht. Oder besser formuliert: Das Leben würde sich so gestalten, wie es dann wäre, und meine Vorstellungen brauchte es dazu nicht.

Schon war es Mittag geworden, und ich schlug Jeduschin vor, mit dem, was ich in der Küche finden würde, ein Mahl zuzubereiten. Gerne überließ mich Jeduschin dieser Aufgabe, und er war wohl gespannt, was dabei herauskäme. Ich war bisher kein großer Koch gewesen, aber im Steinhaus würde ich vieles ausprobieren müssen, wollte ich mich nicht dauerhaft auf einfachste Speisen beschränken. Dabei war ich kein Liebhaber von Kochbüchern – diese waren mir zu kompliziert. Allerdings hatte es in Jeduschins Küche auch keine solchen Werke, und so suchte ich für das anstehende Essen einfach zusammen, was mir in die Hände fiel. „Wo hast du all deine Vorräte her", fragte ich Jeduschin dann im Wissen, dass der Acker und der Garten nicht alles hergaben, was er kochte. „Manches bekomme ich geschenkt", antwortete er, „und einiges kaufe ich im nächsten Dorf. Du kennst es ja von deinen Wanderungen her. Und auch bei Barbara kann ich einiges besorgen. Wenn ich viel zu transportieren habe, nehme ich meinen zweirädrigen Traktor und den Wagen. Du kannst ihn ausleihen, wenn es nötig ist." Das war ein wunderbares Angebot, und das Leben im Steinhaus nahm eine noch etwas konkretere Form an. Ich war froh, dass ich nicht allein in dieser Gegend leben würde und auf so viel wohlwollende Unterstützung zählen konnte. Und ich hoffte, auch für all die hilfreichen Menschen etwas tun zu können. Auch das würde das Leben zeigen.

Das Essen gelang einigermaßen befriedigend, und am Nachmittag begab ich mich nochmals zum Steinhaus, das mich mit unverminderter Kraft anzog. Ich nahm dabei den weiteren Weg über die Anhöhe, der mich aber sicher zum Ziel führte. Sicherlich gab es eine Abkürzung auf einem der Pfade durch das Dickicht, aber diese würde ich erst finden müssen. Vielleicht könnte auch Jeduschin mir einen günstigen Weg zeigen – er kannte die Gegend hier ja sehr genau. Es war aber noch zu früh, mit ihm zusammen zum Haus zu gehen, und das spürte auch er. Als ich dort ankam stand zu meinem Erstaunen ein großer Blumenstrauß auf der obersten Stufe vor dem Hauseingang, und der konnte nur von Barbara sein. Er war ein großer Willkomm für mich an diesem Ort, und Barbara musste den Weg über Mittag auf sich genommen haben – vielleicht auch mit einem kleinen Gefährt. So fühlte ich mich nicht allein mit meinem Empfinden, nun hier leben zu wollen – ja es war mir mehr Heimat als an meinem bisherigen Wohnort, wo es zwar viele Menschen gab, aber wenige, die mir nahe standen.

Wieder schloss ich die Haustüre auf, öffnete alle Fenster, und dann stellte ich den Balkontisch aus der Küche auf die Veranda, und dorthin kam für den Nachmittag auch der Blumenstrauß. Ich ging dann rund ums Haus und sah mir an, was ich alles roden würde. Es war in der letzten Zeit viel Gebüsch gewachsen, und es gab auch einige Bäume, die so nah am Haus standen, dass sie ihm viel Schatten verursachten. Da würde ich mehr Luft schaffen wollen, und ich dachte, dass es Andro in der letzten Zeit seines Aufenthaltes vielleicht wie anderen älteren Menschen gegangen war. Er hatte mir zwar gesagt, dass er sich darüber freute, wie das Haus langsam einwuchs und damit immer privater und abgeschiedener wurde, doch hätte es auch sein können, dass er der Bäume und Büsche einfach nicht mehr Herr wurde, und dass er als seinen Wunsch interpretierte, was nicht zu ändern war. Wie auch immer es sich damit verhielt – das Haus rief nach meinem Eindruck nach mehr Platz, und ich würde dafür besorgt sein. Vielleicht gab es auch dazu Hilfe von den Menschen, die mir nun nahe geworden waren. Auch Manuel, Olga und Klara gehörten schon dazu, und ich würde sie nun wohl öfter treffen, denn ihre Siedlung lag nicht sehr weit unterhalb des Hauses. Allerdings wusste ich nicht, wie sie auf die Nachricht reagieren würden, dass ich nun in Andros Haus einzöge. Ich fühlte aber auch, dass ich unabhängig sein würde, und dass der Austausch auf Augenhöhe wäre. Auch die Zeit der vielen Fragen in geistigen Dingen schien mir dem Ende entgegen zu gehen, und ich hatte nun selbst aus dem Fundus zu schöpfen, der allen Menschen zugänglich ist, und es würde auch nicht mehr der Vermittlung und der Interpretation durch andere bedürfen.

Es gab Zeiten, in denen ich mich auf einem inneren Weg wähnte, und das waren die Zeiten des Lernens von anderen gewesen. Nun aber war mir klar geworden, dass es nur auf der Ebene der Vorstellungen und Interpretationen so etwas wie einen Weg gab, und dass man sich ab einem gewissen Punkt selber im Weg steht, wenn man an einen Weg glaubt. Die vermeintlichen inneren Wege haben mit einer Suche zu tun, die einmal zu Ende kommt. Nicht weil der Weg zu Ende wäre, sondern weil sich zeigt, dass es so etwas wie einen Weg gar nie gegeben hat. Immer war dieses eine Sein, und es gab nichts zu gewinnen. Alle, die darüber reden oder schreiben, befinden sich im Dilemma, wenn sie sich an Menschen richten, die sich noch auf einem Weg wähnen. Das ist durchaus in Ordnung, und auch große geistige Schulen ermuntern die Suchenden diesbezüglich. Sie empfehlen, alle Anhaftungen zu lassen und die Weisheitslehren zu verinnerlichen, selbst wenn ihre Lehrer wissen, dass dies nur eine vorläufige Betrachtungsweise ist. Letztlich gibt es keine Weisheit, die zu erringen ist, weil alles in dieser Welt seine eigene Weisheit hat, und es gibt auch nichts zu lernen, weil es nur das Eine gibt, das ‚alles' ist. Alle Anleitungen, Lehren und Gelöbnisse sind Erscheinungen des Einen, innerhalb dessen sie ihren Platz haben, wie alle anderen Erscheinungen auch, aber sie sind nicht der Weg und nicht das Ziel. Weil alles einfach ist, was es ist, gibt es

160

keinen Weg und kein Ziel, und die Erlösung liegt darin, dass der Suchende gänzlich verschwindet. Und mit ihm sind auch die Lehren und die Lehrenden verschwunden, und die Welt öffnet sich in ihrer Unergründlichkeit.

Ich setzte mich nach dem Rundgang ums Haus auf die Veranda und wusste, dass ich kein Lehrer werden würde, wie es viele gibt. Keiner von denen, die das Heil versprechen, wenn man nur diesen oder jenen Weg gehe, wenn man nur an etwas Bestimmtes glaube, jenes verehre, gewisse Übungen mache oder einfach die Botschaft auf sich wirken lasse. Die Dinge sind viel grösser und weiter, als dass sie mit Botschaften, einem bestimmten Glauben oder einer Lehre einzufangen wären. Vielmehr zeigt sich das Eigentliche, wenn all dies weggefallen ist. Dann wird klar, dass alle Weisheit in den Bäumen liegt, in den Sträuchern und Früchten, in den Tieren und in den Menschen. Auch die Menschen sind schon die Weisheit, die sie suchen, selbst wenn sie es nicht wissen. Man braucht sie nur wirklich anzusehen, um es wahrzunehmen. Vor dem Blumenstrauß sitzend dachte ich an Barbara, und dass auch sie ein solcher Mensch sei – ein sehr bewusster sogar – was letztlich aber auch keine Rolle spielen würde. Mit oder ohne Wissen wären wir doch alle dieses eine, das ‚alles' ist.

Und wie ich so dasaß, wusste ich, dass die Zeit der vielen Worte und Überlegungen vorbei war, und dass ich ins große Schweigen eintreten würde, aus dem man nicht mehr zurückkehrt, auch wenn man weiterhin unter Menschen ist.

Erzählungen

DIETER WARTENWEILER